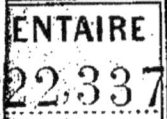

BRISES
PYRÉNÉENNES

POÉSIES DIVERSES

PAR

J.-B. FITERRE,

BRIGADIER DES DOUANES.

BAYONNE,

IMPRIMERIE DE VEUVE LAMAIGNÈRE, RUE PONT-MAYOU, 39

—

1859.

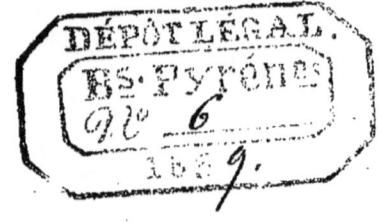
BRISES PYRÉNÉENNES.

BRISES
PYRÉNÉENNES

POÉSIES DIVERSES

PAR

J.-B. FITERRE,

BRIGADIER DES DOUANES.

BAYONNE,

IMPRIMERIE DE VEUVE LAMAIGNÈRE, RUE PONT-MAYOU, 39.

—

1859.

A Sa Majesté l'Impératrice.

———◦◊◦———

Daignez accorder un sourire
Aux chants que j'ose vous offrir;
Ce sont les enfants de ma lyre,
Accueillez-les avec plaisir.

Comme la blanche tourterelle
Qui protége ses tourtereaux,
En étendant sur eux son aile,
Ah ! protégez ces vers nouveaux.

A vous, Madame, je m'adresse
Avec l'espoir au fond du cœur;
Que cet espoir, qui me caresse,
Pour moi ne soit pas une erreur.

Acceptez cette faible offrande,
Simples fleurs, prises dans les champs;
Plus tard, à la pauvre guirlande,
J'ajouterai d'autres présents !...

Saint-Michel, le 20 Août 1858.

1

Les Vagues et le Rocher.

A Sa Majesté NAPOLÉON III.

Un jour, sur la grève des mers,
A l'heure où le soleil se lève,
Je contemplais les flots amers
Que le vent agite et soulève.

Les goëlands blancs volaient en rond
En rasant, dans leur vol agile,
Les flots qui s'élançaient par bond
Sur l'Océan vaste et mobile....

J'étais assis sur un rocher
Qu'assiégeait l'onde turbulente ;
Mais en vain la vague écumante
Cherchait à le faire broncher :

Lui, sur sa base inébranlable,
Sans crainte des flots furieux
Qu'il voyait mourir sur le sable,
Elevait son front vers les cieux !...

Ainsi de la démagogie
Les flots que l'on voit se mouvoir,
Se briseront dans leur furie,
Sire, contre votre pouvoir !...

Saint-Jean-Pied-de-Port, le 23 Août 1858.

Vœux du Poète.

Au Prince Impérial.

Que Dieu veille sur vous sans cesse,
Petit Prince que nous aimons,
Qu'il instruise votre jeunesse;
Qu'il vous remplisse de sagesse,
Qu'il vous comble de tous ses dons !

Que sa puissance vous protége,
Qu'il mette un ange près de vous,
Et si la haine vous assiége,
Qu'il fasse tomber dans leur piége
Ceux qui conspirent contre vous.

Suivez l'exemple que vous donne
Votre Père, notre Empereur,
Rehaussez l'éclat de son trône,
Et quand vous ceindrez la couronne,
Régnez sur nous avec douceur.

Partout faites chérir la France,
Faites respecter nos drapeaux,
Que le savoir, l'intelligence
De vous aient une récompense
Pour encourager leurs travaux !

Soyez bon, soyez secourable,
Si nous réclamons vos bienfaits;
Que la plainte du misérable,
Petit Prince, au regard affable,
Entre toujours dans vos palais.

Que le Dieu Tout-Puissant vous donne
Comme un trésor de sa bonté,
En même temps que la couronne
De votre Mère, aimable et bonne,
Le doux cœur et la charité !...

Saint-Jean-Pied-de-Port, le 23 Août 1858.

A un petit Ami.

Que j'aime à regarder ta figure gentille,
Ton front sans aucun pli, ton œil noir qui scintille,
Oh ! que j'aime à te voir jouer sur le gazon.
Où brillent mille fleurs dont je te dis le nom !
Autour de toi s'exhale un parfum d'innocence
Qui me fait regretter les beaux jours de l'enfance ;
Tu t'endors, quand du ciel meurt le dernier rayon,
Sans une peine au cœur, sans une ride au front !...

10 Juillet 1853.

Souvenirs du Passé.

A mon ami P. B***

> J'ai fait un rêve,
> Il reviendra !
> (*Ballade. —* Casimir Delavigne.)

Quoi ! tu veux donc rester toujours en Amérique,
Loin du charmant pays où nous avons, enfants,
Coulé des jours heureux sous un ciel poétique,
En foulant sous nos pieds l'herbe verte des champs !

Comme toi, comme toi, j'ai dans le Nouveau Monde
Erré, cherché partout un rêve de bonheur;
Ce rêve, cher ami, fugitif comme l'onde,
N'est qu'un rapide éclair, qu'un mirage trompeur !

Un mirage trompeur où notre âme s'égare,
Un brillant feu follet que chacun croit saisir,
Qui s'éteint tout à coup comme le feu d'un phare
Qu'on voit au bord des mers soudain s'évanouir;

C'est le sens inconnu d'un texte qu'on ignore,
C'est un chant inspiré qu'on entend dans la nuit,
C'est une ombre qui passe et qu'un blanc rayon doré,
C'est un espoir menteur que sans cesse on poursuit;

C'est le timbre enchanteur d'une voix qu'on révère,
C'est la sainte harmonie où flottent les beaux vers,
C'est de l'aube naissante un regard éphémère
Qui scintille un instant et qui meurt dans les airs;

Reviens, reviens vers nous, oh ! reviens à Bayonne
Où le ciel est si doux, où l'air est calme et pur :
Ami, nous t'attendons. — La nature rayonne,
Le printemps nous sourit; ici, rien n'est obscur!...

Reviens, et tu verras l'antique citadelle,
Œuvre digne en tout point du célèbre Vauban,
Qui veille de là-haut comme une sentinelle,
Sur Bayonne où le ciel jette un jour éclatant.

Souviens-toi que c'est là, sur les bancs de l'école,
Que nous avons connu la touchante amitié;
Quand je songe à ce temps mon cœur vers toi s'envole...
Reviens, reviens vers nous, ne sois pas sans pitié:

Oh ! comme tes amis, tes bons amis de France,
Seraient joyeux, contents de te serrer la main;
Reviens sans plus tarder, comble notre espérance,
Écris-nous que déjà tu t'es mis en chemin.

Viens, et nous causerons d'Amériques ensemble,
De rêves avortés, de chagrins, de soucis,
Du Mexique où souvent la terre s'ouvre et tremble....
En égarant nos pas dans l'ombre des glacis : —

Nous causerons aussi de ces blanches créoles
Dont le regard de feu lance de longs éclairs,
D'églises, de couvents, dont les tours à coupoles
D'un vol libre et hardi s'élancent dans les airs.

Ces mille souvenirs gravés dans la mémoire
Embelliront nos jours, dissiperont l'ennui,
Qui bien souvent sur nous étend une ombre noire,
Manteau de deuil qu'il traîne en tous lieux avec lui.

Viens et nous irons voir l'imposante nature,
Le ruisseau qui s'enfuit dans l'ombre du vallon,
Les arbustes en fleurs, la mousse, la verdure,
Et le brun laboureur creusant un long sillon.

Le pasteur matinal, la jeune Navarraise,
Suivant l'étroit sentier qui borde le coteau,
Vive, joyeuse, alerte, à l'œil souriant d'aise,
Dans une source claire allant puiser de l'eau ;

Aux premiers feux du jour l'alouette gentille,
Becquetant dans les prés l'épi mûr du froment ;
Le garçon du fermier aiguisant sa faucille,
Le charretier qui passe en fredonnant un chant ;

Le mendiant tout pâle implorant une aumône,
Assis dans le fossé qui longe le chemin,
Le passant généreux qui s'arrête et lui donne
L'obole qu'il réclame en lui tendant la main ;

Sur son fumier le coq dont la crête superbe,
Au regard ébloui semble un charbon ardent,
Les moutons et les bœufs qui bondissent sur l'herbe,
Et le chien du berger qui vient en aboyant ;

Les enfants au teint frais, dont le charmant sourire
Fait renaître la paix dans un cœur agité,
Leur front blanc et poli qui semble toujours dire
Que l'innocence est sœur de la douce gaîté...

Viens et nous reverrons ces campagnes fleuries
Où nous allions, enfants, courir les papillons;
Nous foulerons encor l'herbe de nos prairies
En semant dans les airs nos folâtres chansons.

Viens et nous gravirons ces hautes Pyrénées
Brillant à la clarté du rayon du matin,
Où le pâtre en rêvant voit passer ses journées
Comme un léger nuage à l'horizon lointain !...

En été nous irons nous baigner dans la Nive,
Dont l'onde se marie aux doux flots de l'Adour,
Et nous respirerons les parfums que sa rive
Verse comme un encens dans les champs d'alentour.

Nous irons au Boucau voir le golfe qui gronde,
Là, nous verrons aussi les vagues en fureur,
Nous verrons le soleil en se couchant dans l'onde
Revêtir l'Océan de pourpre et de splendeur.

Là, nous pourrons cueillir au sable du rivage,
Pour servir de jouets à de petits enfants,
Des coquillages frais apportés sur la plage
Comme un tribut des mers par les flots écumants.

Dans l'horizon lointain qu'aucune ombre ne voile,
Nous verrons quelquefois apparaître soudain
Et luire à nos regards un esquif dont la voile
S'arrondit et se gonfle aux brises du matin.

Nous pourrons contempler la *Villa* poétique
Et le joyeux Biarritz assis nonchalamment
Sur un riant coteau du golfe Cantabrique,
Comme sous les palmiers un sultan d'Orient.

Nous pourrons voir encor Cambo, ses eaux thermales
Où le malade vient recouvrer la santé,
Voir ces monts verdoyants, aux crêtes inégales,
Séjour mystérieux du vautour habité.

Nous pourrons voir aussi, dans un site sauvage
Que l'on ne peut gravir et monter qu'en tremblant,
Un bloc de grands rochers, souvenir d'un autre âge
Qui revit dans ces lieux: c'est le Pas-de-Roland!..,

Et puis nous reviendrons vers notre cher Bayonne
Que berce de l'Adour le murmure flatteur,
Où Phébé, pâle et douce, en se mirant rayonne
Dans ces flots agités qu'argente sa lueur!...

Et quand le temps, ami, qui jamais ne s'arrête
Aura ridé nos fronts et blanchi nos cheveux,
Assis près du foyer, dans un doux tête-à-tête,
En parlant du passé nous rêverons tous deux.

Vielle-Saint-Girons, le 14 Avril 1857.

Honneur et Gloire.

Aux 10e et 35e de ligne.

Salut! braves soldats de notre France aimée,
Salut! vous qui venez du fond de la Crimée,
Soyez heureux et fiers de recevoir l'accueil,
L'accueil d'un peuple entier qui sous vos pas se presse,
Qui vous serre aujourd'hui dans un élan d'ivresse,
Contre son cœur avec orgueil !

Salut ! nous vous aimons ! Le fer et la mitraille
Vous ont frappé, marqué, dans la grande bataille
Que vous avez là-bas, sous des cieux incléments,
Soutenu sans effroi !... Les flots de la mer Noire
Murmurent vos exploits burinés dans l'histoire
       Par les poètes aux doux chants...

Hier, je vous ai vus tout poudreux sous les armes,
Des fleurs pleuvaient sur vous, et dans mes yeux deux larmes
Tremblaient. Je me disais : Mon Dieu ! sont-ils heureux
D'avoir fait refleurir l'honneur de la patrie
Qui tombait en lambeaux comme une fleur flétrie,
       Jouet des aquilons fougueux !...

Je me disais aussi, dans mon humeur chagrine :
Que n'étais-je avec eux, pour voir sur ma poitrine
Briller comme un rayon l'étoile de l'honneur ?
Que n'étais-je avec eux, dans ces sublimes fêtes,
Quand le canon grondait, que mille baïonnettes
       Dans les rangs semaient la terreur !...

Que n'étais-je avec eux, alors que tous ces braves
Se battaient, cavaliers et chasseurs, et zouaves,
Que le sang à grands flots coulait en écumant ?
Oh ! que n'étais-je acteur dans ce terrible drame
Où les Russes, étreints dans un réseau de flamme,
       Tombaient meurtris en combattant.

Que n'étais-je avec eux, quand Bosquet, plein d'audace,
Derrière lui laissait une sanglante trace ?
Que n'étais-je avec eux, alors que nos drapeaux
Flottaient criblés, noircis, déchirés par les balles,
Dans ces fêtes de sang, sublimes saturnales
       Où périrent tant de héros ?...

Que n'étais-je avec eux, quand une main guerrière
Sur la tour Malakoff planta notre bannière ?
Que n'étais-je avec eux quand l'aigle aux yeux ardents,
Heureux d'avoir vaincu secoua ses deux ailes,
En faisant flamboyer le feu de ses prunelles
   Sur les soldats du Czar tremblants !

Mais pourquoi des regrets !... N'ai-je pas une lyre,
Soldats ! pour vous bénir quand la Muse m'inspire ?
N'ai-je pas de doux chants pour vous applaudir tous ?
Votre gloire est à nous, est à la France entière ;
Nous sommes ses enfants, et c'est la seule mère
   Qui nous berça sur ses genoux !..

Je n'étais pas là-bas, quand avec votre épée
Vous nous avez écrit une sainte épopée !
Je n'étais pas acteur dans les combats sanglants
Qui vous font tant d'honneur... Mais moi, l'obscur poète,
Je chante vos exploits, et mon hymne de fête
   Plane sur vos fronts triomphants !...

Ma Muse chantera l'honneur de la patrie
Et répandra toujours des flots de poésie
Sur vous, braves soldats ! dont le nom doit un jour
Comme une étoile d'or, qui dans le Ciel rayonne,
Briller d'un doux éclat sur l'immense colonne
   Que doit vous bâtir notre amour !...

Le César des Français, que le monde révère,
Napoléon-le-Grand, ce conquérant austère,
Soldats ! du haut du Ciel vous a suivis des yeux ;
Il aime à voir en vous les enfants intrépides
Des valeureux guerriers qui, sur les Pyramides,
   Ont inscrit leur nom glorieux !...

Bayonne, le 15 Juin 1856.

Le Soleil.

Soleil, par ta chaleur l'univers fécondé
Devant toi s'embellit de lumière inondé
. . . .
Tu te lèves, tout luit; tu nous fuis,
[tout s'efface.
(*La Peinture*, chant II.—Lemierre.)

Quand le Soleil sur la montagne
Jette son long regard de feu,
Ce regard qui nous accompagne
C'est l'ombre du regard de Dieu !...
C'est le foyer où la misère,
L'hiver, réchauffe ses haillons !
C'est le flambeau qui nous éclaire,
C'est la lampe du sanctuaire
Qui nous donne tous ses rayons !

Sous son brûlant regard de flamme,
Comme une éblouissante fleur,
Au doux espoir s'ouvre notre âme :
Nous croyons alors au bonheur !...
Beau Soleil, que Dieu dans l'espace
Fait briller comme un globe d'or,
Enflamme toujours la surface
Du courant d'eau qui chante et passe...
Reluis sur nous longtemps encor !...

Dans nos plaines tu fais éclore
Les mille fleurs que nous voyons;
Blond soleil, oui, c'est toi qui dore
Leur corolle avec tes rayons !...

Le papillon, frêle et volage,
T'emprunte toutes ses couleurs :
Le chêne antique au doux ombrage
T'emprunte son épais feuillage,
Et la nature ses splendeurs !...

Ton aspect nous dit la puissance
Et la bonté du Créateur ;
En voyant ta magnificence
Qui peut renier ton auteur ?
Ce n'est pas moi !... Celui qui doute
Ferme les yeux à la clarté :
Il marche à tâtons sur la route,
Jamais son oreille n'écoute
La sainte et grande vérité !...

Quand ton long regard étincelle
Dans le fond azuré des cieux,
Que ta blonde clarté ruisselle
Et ranime tout sous nos yeux !...
Mon cœur vers toi vole et s'élance
Avec des chants harmonieux,
Pour tes rayons d'or il t'encense,
Car leur magnétique influence
Déride son front soucieux.

Saint-Jean-Pied-de-Port, 1858.

La Charité.

A ma cousine Mlle Marie F***.

Riches, dont l'existence est un banquet sans fin,
C'est à vous de jeter, à la soif, à la faim,
Les miettes du gâteau que votre main découpe,
L'écume du nectar débordant de la coupe.
(HÉGÉSIPPE MORRAU.)

I.

Le Ciel vous a donné la richesse en partage,
  Il connaissait votre bon cœur ;
De ces biens ici-bas vous faites bon usage,
  Vous tendez la main au malheur.

Vers la route azurée, en déployant son aile
La prière s'envole au sein du Tout-Puissant,
Elle parle de vous, messagère fidèle,
  Jamais sa voix ne ment...

Donnez, donnez toujours, secourez la souffrance,
Dieu veillera sur vous de son beau Paradis ;
La paix, la douce paix, bel ange d'espérance,
Au fond de votre cœur fleurira comme un lys !...

II.

  Oh ! vous que j'aime et que j'admire,
    Soulagez le pauvre honteux ;
  La charité qui vous inspire,
    Vous dit de faire des heureux !

Si ceux qui sont dans l'opulence
Savaient consoler, secourir
Comme vous, la pâle indigence :
Le pauvre apprendrait à bénir,

A bénir la main charitable
Qui verse et qui sème en tout lieu,
Comme une manne délectable,
L'or et le pain venant de Dieu !...

Sous les haillons de la misère
Verrait-on de jeunes enfants,
Flétris et courbés vers la terre
Ainsi qu'un roseau par les vents ?...

Non,... l'on verrait naître la joie
Où jadis régnait le chagrin ;
La misère, quittant sa proie,
Rendrait chaque regard serein

Si comme vous, bonne Marie,
Tout riche savait secourir,
Le malheureux qui souffre et prie,
Les yeux fixés sur l'avenir !...

III.

Oui, le bien qu'ici-bas votre blanche main sème
Produira de doux fruits dans le divin séjour,
Quand vous irez au Ciel, sous les yeux de Dieu même,
Vous pourrez les cueillir un jour !...

Bayonne, 1849.

Le Roitelet.

A mon ami Henri V***.

Roitelet, au brun plumage,
Ton image
Sourit toujours à mon cœur ;
Surtout quand dans les charmilles
Tu sautilles
Sans crainte de l'oiseleur.

Au mois de Mai, quand la rose,
Fleur éclose,
Verse un parfum odorant,
Qu'une fraîche et douce brise
La courtise,
La courtise en la berçant ;

Quand le papillon agile
Luit, scintille,
Comme un astre au firmament ;
Quand dans la nature entière
De lumière
Tout se pare en un moment ;

Quand la verte demoiselle
Au corps frêle,
Voltigeant sur les ruisseaux,
Se pose sur l'aubépine
Qui s'incline
Pour se mirer dans les eaux ;

Quand tout renaît à la joie,
　　Qu'on se noie
Dans une mer de bonheur ;
Quand l'avenir, blanche aurore,
　　Se colore
Comme une charmante fleur ;

Quand plein d'amour on se plonge
　　Dans un songe
Idéal, éblouissant ;
Qu'un rayon sur notre tête
　　Brille et jette
Plus de feux qu'un diamant ;

Quand dans toute la nature
　　Sans culture,
Les fleurs croissent à nos yeux,
Et se forment en guirlandes
　　Dans les landes,
Aux pieds des pins résineux ;

Quand la diligente abeille
　　Qui s'éveille
Aux premiers feux du printemps ;
S'envole dans la campagne
　　Et regagne
Le soir, sa ruche des champs ;

Quand la joyeuse hirondelle
　　Sur son aile
Rapide commé l'éclair,
Poursuit l'insecte et s'élance,
　　Se balance,
Dans les plaines de l'éther ;

Quand le clocher du village,
Sous l'ombrage,
Fait parler sa voix d'airain,
Invitant à la prière
Et chaumière,
Et manoir de châtelain;

Quand on rêve sur la mousse
Fraîche et douce,
En admirant le Ciel bleu;
Quand aux doux sons de la lyre
Qui soupire,
Nous chantons un hymne à Dieu;

Roitelet, au brun plumage,
Ton image
Sourit alors à mon cœur,
Surtout quand dans les charmilles
Tu sautilles
Sans crainte de l'oiseleur.

Vielle-Saint-Girons, le 8 Août 1857.

~~~~~~~~~~~~~~~~~~~~~~~~~~~~~~~~~~~~~~

Une Fleur des Pyrénées.

Dédiée à ma cousine Mlle Emma D***.

Malgré de bien sombres années,
Je te revois en souvenir,
Charmante fleur des Pyrénées
Que le vent du Nord fit mourir...
Je vois encor ton frais calice
Où l'or se marie au saphir,
Que dans nos champs avec délice
Berçait le souffle du zéphir.

Tout est passager dans la vie :
Le rayon meurt avec le soir,
Et l'aquilon. dans sa furie,
Effeuille le plus doux espoir !...
Tout ce qui chante et vit succombe :
L'abeille s'éteint sur son miel ;
L'homme se couche dans la tombe
Pour se réveiller dans le Ciel !...

Fille des champs, toi que je pleure,
Ton souvenir remplit mon cœur,
Car tu parfumais ma demeure
D'amour, de calme et de bonheur !...
Bien loin du monde, des misères,
Blanche et pure comme un doux lys,
Sous l'œil du bon Dieu tu prospères
Dans les vallons du Paradis.

Linxe, le 18 Septembre 1858.

Souscription Lamartine.

Appel aux Français.

> Tout ce qui me reste de vie est con-
> centré dans quelques cœurs et dans un
> modeste héritage, et encore ces cœurs
> souffrent par moi, et cet héritage je ne
> suis pas sûr de n'en être pas dépossédé
> demain pour aller mourir dans quel-
> que chemin de l'étranger.
>
> (Alph. DE LAMARTINE.)

Frères, rendons au poète,
Au poète bienfaisant,
Son toit chéri qu'il regrette,
Où l'aube chaque jour jette
Son éclat pâle et changeant :

Rendons-lui ces deux tourelles
Que dore un rayon vermeil,
Où les brunes hirondelles
Éprouvent leurs jeunes ailes
Qui reluisent au soleil.

Rendons-lui le feu de l'âtre
Où naguère il se chauffait,
Quand l'étincelle folâtre
Quittant la flamme bleuàtre,
Tout près de lui s'élançait.

Rendons-lui ses bois sans nombre
Où la verdure sourit,
Où le jour lutte avec l'ombre;
Où l'hiver, dans la nuit sombre,
L'aquilon siffle et gémit;

Rendons-lui les verts platanes
A l'ombrage bien-aimé,
Où, loin des regards profanes,
Seul, il rêvait aux sultanes
De l'Orient parfumé !...

Rendons-lui le clair murmure
De son ruisseau transparent,
Où l'imposante nature,
Dans sa brillante parure,
Se reflète en souriant:

Rendons-lui le val qu'il aime,
La grande voix du torrent,
L'arbuste au vert diadème,
Qui toujours dans les airs sème
Les feuilles qui vont au vent...

Rendons-lui de la campagne
Les horizons purs et beaux ;
Les cimes de la montagne,
Et son chien qui l'accompagne
En poursuivant les troupeaux ;

Rendons-lui les nuits sereines
De son doux pays natal,
L'onde pure des fontaines
Qui surgissent dans les plaines
Qu'il parcourait à cheval.

Rappelle-toi, chère France,
Le Héros de Février !
Donne-lui pour récompense
Le foyer de son enfance
Et l'ombre de son figuier !...

Saint-Michel, le 15 Septembre 1858.

Psyché.

Imité de Goëthe.

La muse de Pindare eut un jour fantaisie
D'enseigner à Psyché l'art de la poésie;
Mais elle avait beau faire. — Elle perdait son temps;
Rien ne parlait au cœur de son aimable élève :
Ni l'étoile au front pur, ni la fleur de la grève,
Ni l'oiseau qui chantait le Ciel bleu du Printemps!...
—L'Amour vint à son tour.—Sous son regard de flamme
Psyché devint poète, — et du fond de son âme
    Des vers sublimes et brûlants,
Pour l'Amour qu'elle aimait s'envolaient en doux chants.

   Montevideo, le 28 Juillet 1858.

Aux Enfants.

       La vida es un sueño.
        (***)

Que vous êtes heureux! que votre vie est douce!
Jouer matin et soir, vous rouler sur la mousse
En riant aux éclats, c'est votre passe-temps...
Le chagrin n'ose pas vous noircir de ses ombres;
Vous ignorez encor ce qu'on nomme jours sombres;
Aimables vagabonds!... charmants petits enfants!...
Mais ces moments fuiront comme une onde rapide...
Vous grandirez alors, joyeux amis, le vide
Se fera chaque jour au fond de votre cœur!...
Profitez donc des biens que le Ciel vous dispense,
    Vous qu'accompagne le bonheur,
    Vous sur qui veille l'innocence!...

   Bayonne, 1849.

Rayons du Printemps.

A Monsieur Henri D***,

Directeur des Douanes et des Contributions Indirectes.

> L'arbre, au printemps, reprend sa sève,
> La fleur chaque Avril se relève,
> Et notre cœur est toujours plein.
> (SAINTE-BEUVE. — *Poésies.*)

Aimable et doux Printemps, quand ton charmant sourire;
Sourire plein d'amour, que j'aime et qui m'inspire,
S'épanouit en fleurs, aux flancs des coteaux verts;
Couché nonchalamment près d'un ruisseau limpide,
D'un œil rêveur je suis l'hirondelle rapide
Qui poursuit en son vol l'insecte dans les airs!...

A ton aspect divin la nature s'éveille;
Je rêve, je médite en prêtant mon oreille
Aux suaves chansons du tendre rossignol,
Quand ton souffle embaumé sur les vieux murs de pierre
Fait germer lentement les graines d'or du lierre,
Que le temps fixe aux murs en poursuivant son vol.

Oui, tout respire en toi la jeunesse et la force,
La sève, en bouillonnant, perce la brune écorce
De l'arbuste naissant, du chêne qui grandit :
Tu poses sur leur front une verte couronne
Où la brise murmure, où l'insecte bourdonne,
Où le rayon se joue, où l'oiseau fait son nid !...

Tout renaît, tout renaît, verdure et poésie,
Tout gazouille, tout luit, tout annonce la vie;
La voix intérieure exhale de doux chants,
Et le vers doucement dans le fond de mon âme
Éclot éblouissant comme un regard de femme,
Comme une étoile d'or, comme une fleur des champs...

L'hiver, ce vieillard chauve, à l'aspect morne et sombre,
Que la faim harcelait, qui grelottait dans l'ombre,
Ne nous tient plus captifs près du foyer mourant;
Car tu viens, doux Printemps, plein d'éclat, de jeunesse,
Nous remplir, en riant, la coupe de l'ivresse
En montrant à nos yeux l'azur du firmament...

Les monts sont explorés par le peintre fidèle
Qui tâche d'imiter la beauté du modèle
Que ta main, oh! Printemps, déroule sous les cieux!...
Il peint avec ardeur; sa touche est enflammée,
Et la nature en fleurs sur la toile animée,
Brillante de fraîcheur, vient captiver nos yeux!...

Salut! fraîche saison! la colombe plaintive
De ses roucoulements fait retentir la rive;
L'écho prolonge au loin son langage d'amour,
De ses fruits de corail le cerisier se pare,
Et dans les monts ardus le chasseur qui s'égare
Cherche un abri profond contre les feux du jour...

Les troupeaux ont gravi le flanc de la montagne,
Le pâtre au teint hâlé que son chien accompagne,
Jette un regard pensif sur le vaste horizon;
Il regarde, là-bas, dans un massif champêtre
Le clocher du hameau, le toit qui l'a vu naître,
Toit d'ardoise qui rit dans le creux du vallon!...

Le riche pour les champs abandonnant la ville,
Sans un regret au cœur loin de ses murs s'exile ;
Le raisin s'arrondit et se gonfle au soleil !
Sous un ciel éclatant tout renaît à la joie,
Sous tes feux, oh ! Printemps ! la nature flamboie...
Le poète et l'artiste aiment ton doux réveil !

Tout renaît, tout revit, et l'oiseau sur son aile
Franchit les monts couverts d'une neige éternelle :
Il vient te demander des grains pour se nourrir,
Et les petits enfants, au teint couleur de rose,
Écoutent la chanson que joyeux il compose
Dans les verts peupliers, Printemps, pour te bénir !...

Doux Printemps, doux Printemps, que toujours on
[appelle,
Tu brilles plus que l'or qui pare une chapelle,
Plus qu'un écrin d'azur rayonnant de splendeur !...
Et la vierge aux yeux bleus, jeune fille modeste,
S'empreint sous ton regard d'une beauté céleste
Qui fait passer le vent du frisson dans le cœur...

Oh ! Printemps adoré ! le pauvre te salue,
Pour lui comme un sauveur tu brilles dans la nue ;
Ton soleil chatoyant réchauffe ses haillons ;
Printemps, saison de fleurs, de fruits et d'espérance,
Les campagnes au loin promettent l'abondance
Et la riche moisson jaunit dans les vallons !...

Oh ! oui, le pauvre t'aime, il t'aimera sans cesse,
Tu lui promets toujours des trésors de largesse,
Des rayons parfumés, des fleurs d'or et du pain,
Des fruits délicieux que la brise balance,
Le bonheur du foyer, l'oubli de la souffrance,
Des enfants au teint frais affranchis de la faim ;

Lorsqu'il te voit briller sur la terre embrasée,
Aimable et doux Printemps, en perles de rosée ;
Lorsqu'il te voit trembler sur l'herbe des vallons,
Scintiller doucement sur la blanche corolle
Du beau lys caressé par une brise folle,
Où voltigent joyeux de brillants papillons ;

Lorsqu'il te voit paré de ta verte ceinture,
Lorsqu'il entend ta voix dans l'immense nature,
En plongeant son regard dans l'azur du Ciel bleu ;
Lorsqu'il t'entend frémir dans la brise sonore
A travers les vieux pins au lever de l'aurore,
Il te bénit, Printemps, doux sourire de Dieu !

Car tu lui tends sans cesse une main secourable,
Car tu le fais asseoir tous les jours à ta table,
Tu lui donnes le pain, le vin qui réjouit...
Et jamais, loin de toi, ta main ne le repousse :
Quand tu veux lui parler tu rends ta voix plus douce,
C'est pour cela, Printemps, que son cœur te bénit.

Riches, soyez humains ! du sein de l'opulence
Combattez, combattez les maux de l'indigence,
Et quand l'hiver viendra, suivi de noirs autans,
Relevez le moral du pauvre qui succombe,
Secourez le malheur qui désire la tombe,
Et vous serez bénis comme un second Printemps !

Saint-Michel, le 22 Avril 1858.

Sonnet.

Une Larme!...

A MES BONS AMIS.

Que de fois, en jetant mon regard en arrière,
Vers ce lointain passé, parfumé de beaux jours,
Où tu semas jadis, jeunesse folle et fière,
L'œil brillant de clarté, ta joie et tes amours ;

Que de fois n'ai-je pas senti de ma paupière,
En me ressouvenant de ces moments si courts,
Une larme brûlante, hélas ! et bien amère
Tomber, s'évanouir, et renaître toujours !...

Le passé, mes amis, c'est la sainte innocence
Qui jouait près de nous, qui berçait notre enfance,
Avec ses rêves d'or, ses suaves chansons.

Aujourd'hui ce n'est plus qu'une rose flétrie
Sans éclat, sans odeur et que bientôt sans vie,
Le vent effeuillera sur l'herbe des vallons.

Louhossoa, 1853.

Ce que j'aime.

A mon ami Bernard T***.

J'aime de la campagne
L'air balsamique et pur ;
La gaîté m'accompagne
Sous son beau ciel d'azur.

De la naissante aurore
J'aime les doux rayons,
Quand son regard colore
La cime des vieux monts !

Du rossignol champêtre
J'aime aussi les accents,
Dans mon cœur ils font naitre;
Ami, de nouveaux chants !

J'aime un lieu solitaire
Là, sur un lit mousseux,
Au bord d'une onde claire,
On songe.... on est heureux.

J'aime les chants du pâtre,
J'aime les chants d'amour,
J'aime l'écho folâtre
Qui raille nuit et jour ;

J'aime la voix sonore
Du vent dans le sapin,
J'aime la fleur que dore
Un rayon du matin ;

J'aime l'écume blanche
Que la mer en grondant,
Sur la roche qui penche
Dépose à chaque instant !

De la vierge candide
J'aime le front rêveur,
Et son regard timide
Où nage le bonheur.

J'aime l'aspect gothique
D'un vieux castel jauni,
Et la corniche antique
Où l'oiseau fait son nid !

J'aime dans le feuillage
Apercevoir, ami,
Le clocher d'un village
Qu'il dérobe à demi.

De l'église lointaine
J'aime les sons pieux,
Qu'on entend dans la plaine,
Qui font rêver aux cieux !

J'aime enfin toute chose
Qui promet le bonheur,
Sur une lèvre rose
J'aime un baiser du cœur !...

Montevideo, 14 Novembre 1851.

A Mademoiselle ***.

> Dans ce monde de mensonges,
> Moi, j'aimerai mes douleurs,
> Si mes rêves sont tes songes,
> Si mes larmes sont tes pleurs.
> (Victor Hugo.)

Arrête dans mes yeux ton regard azuré,
Pour chasser le chagrin de mon cœur ulcéré,
    Fraîche jeune fille que j'aime !
Et pose sur mon front qu'affaisse la douleur,
Sans rougir, sans trembler, d'un long baiser du cœur
    Le bienfaisant et doux baptême !...

Un baiser !... A ce mot tu me vois tressaillir,
Comme un feuillage vert au souffle du zéphir ;
    Un baiser !.... blanche jeune fille,
Me rendrait plus heureux qu'un ange dans le Ciel,
Qu'un ange aux ailes d'or doté par l'Eternel
    De tous les rayons dont il brille !

Oh ! viens ! viens près de moi, car ton amour, vois-tu,
C'est mon bien, mon bonheur, ma gloire, ma vertu;
    Sans toi, vertu, bonheur et gloire
Ne sont que de vains mots qu'emporte au loin le vent;
Qu'un murmure confus, qu'un éclair d'un instant
    Qui passe à travers la nuit noire ;

Approche et donne-moi ta main, ta blanche main,
Et sans trembler alors je suivrai le chemin
    Que Dieu m'a tracé dans la vie.
Viens, ange de douceur, ange exilé des cieux,
Sois toujours le soutien du barde harmonieux,
    Viens égayer sa poésie !

Car vois-tu, le malheur, jeune fille, assombrit
La sainte poésie ; et le vers qui fleurit
    Ou germe dans le fond de l'âme,
Réclame quelquefois, comme l'arbuste en fleur,
Un baiser du zéphir, un rayon de chaleur,
    Ou bien un doux regard de femme !

10 Novembre 1853.

Ce qu'est le Bonheur.

A Mademoiselle C... L...

I.

Quand loin de la patrie
Je pleure chaque jour,
Ta sainte poésie
Vient me parler d'amour !...
A ta voix l'espérance
Qui dormait dans mon cœur,
Se réveille et je pense
A des jours de bonheur !...

II.

Le bonheur, doux mensonge,
Qu'on poursuit en rêvant,
S'éclipse comme un songe,
S'envole au moindre vent.
C'est un blanc météore
Qui s'éteint dans les airs,
C'est un rayon qui dore
Et parfume tes vers...

III.

C'est le regard limpide
Que je vois dans tes yeux,
Jeune fille candide,
Ange digne des cieux !
C'est une fleur mi-close
Qui s'ouvre sur ton sein ;
C'est une bouche rose ;
C'est une blanche main ! . . .

IV.

C'est le Ciel de la France
Tout imprégné d'amour ;
C'est la joyeuse enfance
Qui s'écoule en un jour !
C'est la douce parole
Qui fait battre mon cœur,
Ta voix qui me console :
Qu'on nomme le bonheur ! . . .

Montevideo, le 22 Décembre 1851.

———◦|◦|◦———

Apologue Oriental.

LE POÈTE ET LA FLEUR.

Dédié à mon oncle G..... G.....,

Capitaine de hussards en retraite.

> La compagnie des honnêtes gens laisse
> autour d'elle un parfum de vertu.
> *(Anonyme.)*

Le poète persan, l'immortel Saadi,
Rêvant, errait un jour dans un lieu solitaire :
C'était au mois d'Avril, l'air était attiédi
Par le souffle embaumé d'une brise légère...

Le soleil sur son front répandait ses rayons;
Les champs, les bois, les monts, l'insecte qui murmure
Semblaient pour le poète avoir pris leur parure,
L'oiseau le saluait par ses douces chansons !...

Tout brillait, tout charmait, partout dans les campagnes
Les arbres inclinaient leurs fruits délicieux,
Et dans l'horizon bleu la crête des montagnes
Lui montrait le chemin des cieux !...

Il se baisse, il ramasse une fleur desséchée
Qui gisait mollement sur l'herbe du vallon;
De sa tige tremblante un matin détachée
Par quelque fougueux aquilon.

Le poëte naïf, comme un enfant l'admire,
La presse doucement, doucement sur son cœur,
En rayonnant de joie, avec bonheur respire
    Sa bienfaisante odeur !...

— Oh ! toi, dont le parfum m'enivre, — es-tu la rose ?
Non, lui répond la fleur : — Mais j'ai vécu longtemps
Avec elle. — A son ombre, ami, je suis éclose,
Et c'est d'elle que vient le parfum que tu sens !...

    Septembre 1857.

A Mademoiselle J. L***.

Ce qu'il me faut, à moi, qui suis un peu poëte,
C'est un beau ciel d'azur au-dessus de ma tête ;
Ce qu'il me faut, à moi, pour égayer mon cœur,
C'est le chant d'un oiseau, le parfum d'une fleur !...

C'est un vin généreux, pétillant dans ma coupe,
C'est un long rayon d'or jouant dans mes volets,
Qui, gracieusement, dans l'ombre se découpe
    En fantasques reflets ;

    C'est l'aimable sourire
    D'un enfant au berceau,
    L'étoile qui se mire
    Dans le courant de l'eau ;

    C'est la chanson du pâtre
    Que l'écho d'alentour,
    Qui jase et qui folâtre,
    Nous renvoie à son tour,

3

C'est la brise qui passe
A travers les rameaux,
Murmurant à voix base
Un doux chant aux ormeaux !...

C'est l'alezan rapide
Franchissant les déserts....
Le marin intrépide
Bravant les flots amers ;

Ce qu'il me faut encor, c'est l'onde qui murmure,
Qui polit en glissant son blanc lit de cailloux ;
C'est l'insecte caché dans un pli de verdure,
C'est un chant grave et doux !...

Ce qu'il me faut encor, toi que mon cœur admire,
C'est ton regard ami qui rencontre le mien ;
C'est le souffle enivrant des ailes du zéphyre,
C'est un baiser d'amour qui me fait tant de bien !...

Linxe, 1857.

Le Papillon et la Rose.

Dédié à mon cousin B. C***,
Lieutenant des chasseurs à pied.

Sur une superbe Rose
Un Papillon tout doré,
Un jour doucement se pose
Par sa fraîcheur attiré ;
Or, durant la matinée
Du plaisir suivant la loi,
Il disait : « La Rose est née
« Pour moi. »

Il caresse dans sa joie
L'innocente et douce fleur ;
Dans son parfum il se noie
Enivré par le bonheur ;
Bénissant sa destinée,
Son petit cœur en émoi,
Se disait : « La Rose est née
    « Pour moi. »

Mais soudain une hirondelle
D'un coup de bec, sans effort,
Déchire le corps si frêle
De l'insecte aux ailes d'or :
La fleur pâlit, éplorée ;
La Mort rit de son effroi,
En disant : « La Rose est née
    « Pour moi. »

Ah ! si le destin propice,
Ami, te couvre de fleurs,
Songe qu'un jour de délice
Finit souvent par des pleurs !...
Qu'avant la fin de l'année
Le Malheur, tombant sur toi,
Peut dire : « La Vie est née
    « Pour moi !... »

Bayonne, 1850.

Le Poète.

A mon ami J.-B. H***.

> Muse, contemple ta victime !...
> (Alph. DE LAMARTINE.)

I.

Poète, bien souvent des pleurs mouillent ta lyre,
Triste, le front penché, nul ne presse ta main,
Si l'on te fait parfois l'aumône d'un sourire,
Au sourire si doux succède le dédain.

L'Envie, à l'œil hagard, qui sous les fleurs se glisse,
Répand son noir poison sur tes jours les plus beaux,
Elle déchire tout, et sa noire malice
Fait tressaillir les morts dans l'ombre des tombeaux.

Enfant, tu t'égarais dans un lieu solitaire,
Là, sur un lit de fleurs, tu rêvais de beaux jours !
Ces rêves qu'étaient-ils ? — Un espoir éphémère
Que l'âge de raison emporte dans son cours.

Tu rêvais, tu rêvais un avenir moins sombre ;
Tu rêvais des moments remplis par le bonheur ;
De tous ces rêves d'or à peine as-tu vu l'ombre...
Douces illusions, revenez dans son cœur !...

Le Malheur ici-bas suit toujours le poète,
Homère tend la main en chantant de beaux vers,
Et le passant moqueur, pour sa peine lui jette
Un pain qu'il dut souvent mouiller de pleurs amers !

Et le pauvre Gilbert, qui de plus près nous touche,
Dans un humble hôpital mourut sur un grabat,
Le désespoir, la faim, à l'œil sombre et farouche,
Au poète inspiré livrent plus d'un combat.

Chante, chante toujours quand même la tristesse
Toucherait tes lauriers avec sa main de plomb;
Chante, chante toujours dans une douce ivresse,
Pour l'étoile d'en haut qui brille sur ton front.

Chante l'astre du jour au bout de sa carrière,
Chante l'astre des nuits et son disque argentin;
Parle nous dans tes chants de la nature entière,
Célèbre sa beauté dans un hymne sans fin !...

Oh ! si l'amour venait pour consoler ta peine,
Tu trouverais encor le bonheur ici-bas !...
Et, la main sur le cœur, tu rirais de la haine
Dont le souffle jaunit les roses sous tes pas.

Tu chanterais alors pour ceux que la misère
Dévore lentement dans leur sombre réduit;
Tu bénirais aussi les riches de la terre,
Qui savent secourir le pauvre qui gémit...

II.

Poursuis ton saint ministère :
Dieu du haut du Ciel t'éclaire,
Fais flamboyer tes beaux vers,
Comme l'éclair des tempêtes
Quand il fait rougir les faîtes
Des flots argentés des mers.

Que ta douce parole,
Qui souvent nous console,
Fasse tomber l'obole
Sur le bord du chemin,

Où la pâle indigence
Implore l'assistance
De l'heureuse opulence,
En lui tendant la main.

Sur la rive étrangère
Où la vie est amère,
Fais rêver à sa mère
Le jeune homme exilé :
D'une voix attendrie,
Parle lui de patrie,
Fais renaître la vie
Dans son cœur désolé.

Quand un ange au front rose
Dont la paupière est close,
Bien doucement repose
Dans son petit berceau ;
Chante-nous l'innocence
Qui décore l'enfance ;
Chante-nous l'Espérance
Qui nous peint tout en beau.

Et quand l'esprit du doute,
Que souvent on écoute,
Se met sur notre route,
Poète harmonieux ;
Viens, dans notre détresse,
Viens nous parler sans cesse.
De divine sagesse
En nous montrant les cieux.

Que notre âme ravie
Boive la poésie :
Doux nectar — ambroisie —
Qui coule dans tes vers :

Comme un flot qui murmure
En mêlant sa voix pure
Aux bruits que la nature
Sème dans l'univers !

III.

Lorsque l'homme égaré, dans un triste délire,
Verse le vin à flots,
Que l'écho des salons répète au loin son rire,
Son rire et ses bons mots :

C'est alors que tu dois faire pâlir la joie
Qui brille en pétillant dans le fond de ses yeux ;
Et que tu dois tracer sur un mur qui flamboie
La sentence des cieux !...

IV.

Oh ! ne souille jamais la divine couronne
Qui sur ton front béni parfois luit et rayonne
Et vient de Jéhovah.
Dans ce siècle géant marche, marche sans crainte,
Quand la voix du Seigneur, harmonieuse et sainte,
A ton cœur a dit : Va !...

Poëte, bien souvent des pleurs mouillent ta lyre,
Triste, le front penché, nul ne presse ta main ;
Si l'on te fait parfois l'aumône d'un sourire,
Ce sourire si doux se transforme en dédain...

Bayonne, 1849.

Fleurs des Champs.

A M. l'Abbé G***,

Curé de Saint - Étienne, près Bayonne.

C'est Dieu, c'est Jéhovah, qui fait dans la nature
Éclore, dans un jour, sans soin et sans culture,
Les fleurs d'or et d'azur, étoiles de nos champs !
C'est son souffle sacré, c'est son regard de flamme
Qui fait germer le vers dans le fond de ton âme,
    Et qui le transforme en doux chants !...

Gloire au Dieu Tout-Puissant, gloire au Maître Suprème,
Des horreurs du néant il fit jaillir lui-mème,
D'un signe, d'un seul mot, le soleil radieux ;
C'est lui qui de ce monde a réglé l'harmonie,
C'est lui qui fait pousser les ailes du génie,
    Pour qu'il monte et s'envole aux cieux.

Les astres rayonnants qui roulent sur ma tète
Que le grand Océan dans son miroir reflète,
En blanchissant la nuit la crête des vieux monts,
Sa main les enchâssa dans la céleste voûte
Pour que le pélerin, qui se perd dans sa route,
    Pût s'éclairer de ses rayons !...

Tout lui rend ici-bas un filial hommage :
Le ruisseau dans son lit, l'oiseau dans le feuillage ;
Et l'humble laboureur creusant un long sillon,
Levant le front au Ciel, dans sa foi vive et pure,
Demande avec ferveur, au Dieu de la nature,
    Une belle et riche moisson.

Car la Foi, qui nous sauve, est une belle chose ;
La Foi, c'est le parfum que renferme la rose ;
La Foi, c'est l'espérance admirant le Ciel bleu ;
C'est elle qui nous montre, au delà de ce monde,
Dans ce beau Paradis que le bonheur inonde,
  Nos amis dans la paix de Dieu !...

Et c'est elle qui sut restaurer ton Église
Que j'aperçois de loin dans une brume grise,
Comme un vaisseau flottant sur l'abîme des mers ;
C'est elle qui te dit : *Poète, prends courage !*
Qui sourit à ton livre et qui tourne la page
  Où ta plume épanche des vers...

La Foi, qui m'éclairait naguère ainsi qu'un phare,
La Foi, ce doux trésor, dont je serais avare,
Qui souvent m'a guidé dans ce monde trompeur,
Prêtre et poète, est faible, aujourd'hui dans mon âme ;
A peine si je sens sa bienfaisante flamme
  Glisser doucement dans mon cœur...

Pour revenir à Dieu, barde du sanctuaire,
Vers cet astre éternel dont le regard éclaire
De ton livre inspiré les magnifiques chants,
Réponds-moi, réponds-moi, faudra-t-il que je vienne
Vers le Ciel azuré qui brille à Saint-Étienne,
  A l'Église de Fleurs des Champs ! ! !

Août 1853.

Réponse

De M. l'Abbé G*** à l'Auteur,

A PROPOS DE SES VERS SUR L'ÉGLISE DE FLEURS DES CHAMPS.

Pax tibi.
(3. Jean, 14.)
Que la paix soit avec toi!...

I.

Frère ! pourquoi dis-tu que la Foi, dans ton âme,
N'est déjà plus, hélas ! qu'une mourante flamme
    Qui flotte à tout vent et s'éteint,
Comme la lampe vide, au fond du sanctuaire,
Ne jette qu'en tremblant une vague lumière,
    Dans l'ombre épaisse du lieu saint ?

II.

N'est-ce donc pas la Foi qui, perçant tout mystère,
Te montre Dieu qui plane au Ciel et sur la terre,
    Et qui, fécondant le néant,
Sème à tes pieds les *fleurs,* ces astres de nos plaines,
Et par dessus ton front, les étoiles lointaines,
    Ces autres fleurs du firmament ?

III.

N'est-ce donc pas la Foi qui, sondant l'âme humaine,
T'y fait voir Dieu, qui seul, de sa main souveraine,
    La touche et l'agite à son gré,
Et, d'un coup de génie, ouvrant ses larges ailes,
La lance libre et fière aux voûtes éternelles,
    Sous le souffle du feu sacré ?

IV.

Oh ! frère bien-aimé ! la Foi de ton enfance,
Derrière les regrets de ton adolescence,
      Dans son antique éclat, surgit :
Car tu dis que la Foi fut ton *phare naguère ;*
Et le phare, le jour, nous cache sa lumière
      Et ne nous la rend que la nuit.

V.

Eh bien ! tant que l'espoir, dorant pour toi les choses,
Sur ton joyeux chemin fit éclore les roses
      Et couler des ruisseaux de miel,
Peut-être que tu crus, transfuge de ta mère,
Pétrissant à la fois tous les biens de la terre,
      Pouvoir te façonner un Ciel ?

VI.

Mais non ! déjà pour toi les rêves de jeunesse,
Impuissants à créer une féconde ivresse,
      L'un après l'autre ont avorté,
Et, las de t'épuiser dans l'angoisse du vide,
Vers un tardif bonheur tournant ton cœur avide,
      Tu tends à la réalité !...

VII.

Souviens-toi que ta mère, ange aux traits d'une femme,
Versant son lait au corps et ses vertus à l'âme,
      Te caressait sur ses genoux !
Et dis-moi : quand alors, balbutiant ta prière,
Tu mariais ta voix à la voix de ta mère,
      Ton sort n'était-il pas bien doux ?

VIII.

Je sais sur la colline une église modeste,
Où l'âme endort enfin, dans une paix céleste,
Les trop longs orages des sens :
Un ami t'attend-là, pour soulager tes peines ;
Viens-y donc ! viens mêler tes prières aux siennes,
C'est l'église de *Fleurs des Champs !*...

Stances.

A ma jeune cousine Marie G***.

Quoi ! tu veux nous quitter, douce et gentille blonde ?
Si jeune, tu veux fuir le soleil, le grand air ?
Tu veux t'ensevelir, loin des bruits de ce monde,
Dans un cloître désert ?

Les illusions d'or qui charment la jeunesse,
Beaux rêves azurés que j'ai vu resplendir,
Enfant, ne t'ont-ils pas fait encor de caresse
Et parlé d'avenir ?

L'avenir, oasis, jardin plein de merveilles,
Ruisseau de diamant coulant dans les vallons,
Où sur de blanches fleurs voltigent les abeilles
Avec les papillons !...

Où l'œil de la pensée entrevoit mille choses
Que nous cherchons en vain dans le monde réel.
Où l'air que l'on respire a le parfum des roses,
Où tout se change en Ciel !...

Dans le vague horizon sa douce voix t'appelle,
Exile loin de toi le triste et sombre ennui ;
Comme un sylphe léger en déployant ton aile,
    Élance-toi vers lui.

Laisse le cloître obscur à façade jaunie,
Laisse les longs dortoirs pour nos blanches maisons ;
Mon ange, en t'abreuvant dans des flots d'harmonie,
    Répète nos chansons.

Viens, nous irons tous deux à travers les montagnes,
Aspirer les parfums et les brises du soir ;
Nous irons admirer ces riantes campagnes
    Que là-bas tu peux voir.

Et durant le trajet, je te dirai, mon ange,
Qu'on peut plaire au Seigneur, mériter sa bonté,
En semant chaque jour sur ce globe de fange
    La douce charité !...

Qu'on peut gagner le Ciel et voir Dieu dans sa gloire
En pratiquant le bien, en aimant ses parents,
Doux préceptes d'amour auxquels tu pourras croire
    En courant dans les champs :

Si tu promets, enfant, de bannir de ta tête
Ces folles visions, ces rêves de couvent,
Écoute mes conseils, écoute le poète...
    Jamais sa voix ne ment !...

Arnéguy, Octobre 1854.

L'Ange de Poésie.

A mon ami C. L***.

Descends des cieux, ange de poésie,
Descends des cieux, brillant comme un soleil,
Si tu veux voir de mon âme attendrie
Le saint transport, l'harmonieux réveil !
Viens près de moi, bel ange que j'implore,
Sur un rayon détaché du Ciel bleu :
Viens, et mes vers, du couchant à l'aurore,
Voltigeront sous le regard de Dieu !

Un long frisson a parcouru mon être,
De doux zéphirs ont embaumé les airs,
Mon cœur me dit que tu vas m'apparaître,
Depuis longtemps mes bras te sont ouverts !
A ton aspect la campagne se dore,
Viens près de moi, daigne accomplir mon vœu,
Et mes doux vers, du couchant à l'aurore,
S'élanceront sous le regard de Dieu ?

Enfant du Ciel, entre dans la demeure
Du malheureux qui mange son pain noir,
Veille sur lui, jour et nuit, à toute heure,
Préserve-le du sombre désespoir !...
Quand sans pitié, la faim qui le dévore
Le fait trembler sous sa fièvre de feu,
De l'avenir dévoile-lui l'aurore
Et mes doux chants s'élanceront vers Dieu !

Mon ange, va comme un éclair rapide,
Aux bords fleuris que caresse l'Adour,
Là tu verras une vierge candide,
Dis-lui tout bas que je l'aime d'amour !
Si son front pur à ta voix se colore,
En lui faisant ce tendre et doux aveu :
Mes joyeux vers, du couchant à l'aurore,
Comme un essaim s'envoleront vers Dieu !

Que ma chanson, oh ! France bien-aimée,
Prenne vers toi son vol harmonieux,
Sur l'aile d'or, brillante et parfumée,
De l'ange saint qui m'est venu des cieux...
Ton avenir resplendit et se dore ;
De ton enfant souviens-toi quelque peu.
Et mes doux vers, du couchant à l'aurore,
Te béniront sous le regard de Dieu !...

Montevideo, Juillet 1851.

Solitude.

A mon ami V. F***,

Capitaine au long-cours.

Quelquefois, recueilli, dans l'ombre et le silence,
Je confie au papier, Victor, ce que je pense ;
Le front rêveur, j'écris des vers mauvais ou bons,
Et quelquefois aussi, sommeillant dans ma couche,
Je rêve, et de mon sein, en passant par ma bouche,
Comme un essaim d'oiseaux s'envolent mes chansons!

Quand l'astre aux rayons d'or, au sein des flots se plonge,
Que l'ombre par degrés sur la terre s'allonge
    Comme un voile capricieux ;
Et que les bruits du jour s'éteignent dans l'espace,
Ainsi qu'un faible éclair qui brille et qui s'efface
    Là-bas, dans l'horizon brumeux ;

Des esprits rayonnants, lumineuses phalanges,
Que dans la langue humaine on appelle des anges,
Quittant leur ciel d'azur, viennent me visiter :
Sous leur regard de feu, sous leur divin sourire,
Mon cœur en s'éveillant avec amour soupire
    Des chants qu'au cieux on voit monter !...

Anges, que j'aime tant, oh ! prêtez-moi vos ailes,
Pour m'élancer et fuir aux voûtes éternelles :
Sans remords, sans regrets, je suivrai votre vol ;
J'irai pour me noyer dans la sainte harmonie
Qui découle à grands flots de l'éternelle vie,
    Loin de ce triste sol !...

Car Dieu veilla toujours sur le pauvre poëte ;
Quand sa lyre se tait, quand sa voix est muette,
Et que nul ici-bas ne connaît ses douleurs ;
Dieu qui du haut du Ciel contemple sa misère,
Parle : à sa voix soudain un ange sur la terre
    Descend pour recueillir ses pleurs !...

Riches du monde, allez !... de fleurs couvrez vos têtes ;
Chantez, enivrez-vous en de joyeuses fêtes :
Laissez-le, laissez-le sans secours, sans appui,
Ne troublez pas la paix de sa sombre demeure,
Votre pitié fait mal !... Quand un poëte pleure,
N'a-t-il pas le Seigneur qui veille près de lui !...

    Octobre 1853.

Le Bon Dieu.

Dédié aux Petits Enfants.

Il y a un Dieu, son œuvre le prouve.
La vie est le témoignage de la vie.
(Philosophie des Indes.)

Dieu, source unique de toute chose, de toute lumière, de toute intelligence, régit l'univers et les espèces entières, avec une puissance infinie.

(BUFFON.)

Oh! mes amis, sur toute chose
Dieu jette un regard bienveillant ;
C'est lui qui fait fleurir la rose,
Qui donne à l'oiseau son doux chant ;
C'est lui qui donne l'innocence
Aux petits enfants qu'il bénit ;
C'est lui qui calme la souffrance
De l'infortuné qui gémit ;

C'est lui qui fait briller l'étoile
Au pâle et suave rayon ;
C'est lui qui fait gonfler la voile
Qui se balance à l'horizon ;
Au brin d'herbe de la colline
Il donne la fraîcheur des nuits ;
A l'arbre que le vent incline
Il donne des fleurs et des fruits ;

4

C'est lui qui fait dans nos campagnes
Mûrir les blés dans les vallons ;
C'est lui qui met dans nos montagnes
Le chêne et le nid des aiglons.
L'onde lui doit son doux murmure,
Le soleil lui doit sa splendeur,
Toutes les voix de la nature
Chantent la bonté du Seigneur.

Quand l'aube du matin argente
Le nuage qui flotte aux cieux ;
Quand d'une teinte éblouissante
La nature charme nos yeux ;
C'est Dieu, c'est le Seigneur qui donne
L'éclat au nuage argenté ;
Par lui la nature rayonne,
De lui seul vient toute clarté.

Sa volonté soulève l'onde,
C'est lui qui fait mugir les mers,
Et lorsque la tempête gronde
Dans l'ombre allume les éclairs !
C'est lui qui pare la comète
D'une longue aigrette de feu,
Qui veille sur l'homme et l'insecte :
Enfants, chérissez le bon Dieu !....

Oh ! mes amis, c'est notre père,
Prions-le toujours à genoux ,
Car d'en haut sa main tutélaire
Verse mille trésors sur nous.
Quand près de vous un pauvre passe,
Si vous voulez plaire au Seigneur
Qui vous donne tout dans sa grâce.... —
Enfants, secourez son malheur !...

Arnéguy, 1854.

A ma Mère Malade.

La lune dans les cieux, au milieu des étoiles,
Répandait la clarté de son disque argentin,
La brise frissonnait à peine dans ses voiles,
La nuit nous dérobait son front pur et divin ;

J'aspirais les parfums qui planent sur la terre,
Une secrète voix me remplissait le cœur ;
Une douce harmonie, une sainte prière,
S'envolait de mon âme au sein du Créateur ;

Car je priais pour toi, souffrante dans ta couche,
Quand ton corps ruisselait inondé de sueur,
Le râle de la mort s'exhalait de ta bouche,
Ton visage déjà s'emplissait de pâleur.

Mais le Dieu, qui d'un mot fit le Ciel et la Terre,
A qui je demandai le terme de ton mal,
En me voyant pleurer exauça ma prière
Et pour un autre jour garda l'instant fatal !...

Port d'Urcuit, 1847.

Les Étoiles.

A ma tante Mme V^e V***.

> C'est la nuit, mais le doux nuage
> S'entr'ouvre et fait pleuvoir des torrents de rayons :
> Je vois sur le Ciel bleu dont l'azur se dégage,
> Comme une flotte au blanc sillage,
> Rouler les constellations.
> (EDOUARD TURQUETY. — *Poésies.*)

Quand la nuit est sans voiles
Et l'air plein de parfums,
J'aime à voir les étoiles,
Loin des yeux importuns.

J'aime à voir, dans les ondes,
Errer les doux rayons
Des millions de mondes
Qui brillent sur nos fronts.

Mon œil suit dans l'espace
Le sillon lumineux,
De chaque astre qui passe
Dans le chemin des cieux.

Leur paisible lumière
Ruisselle à flots d'argent,
Et blanchit la crinière
Du terrible Océan !...

Étoiles scintillantes
Qui flottez dans l'azur,
Pour les âmes souffrantes
Êtes-vous un port sûr ?

Êtes-vous les nacelles
Qui bercent doucement,
Nos âmes immortelles
Dans le bleu firmament ?

Ou bien la succursale
Des palais du Seigneur,
Où sa puissance étale
Des trésors de bonheur ?

Ou bien le diadème
Aux rayons éclatants,
Que sa bonté suprême
Garde pour ses enfants ?

Ou bien un regard d'ange
Veillant avec amour,
Sur ce globe de fange
Qui doit périr un jour ?...

Ou bien des fleurs charmantes,
Qui, loin d'un monde obscur,
Semez, éblouissantes,
Vos parfums dans l'azur ?...

Étoiles lumineuses,
Si vous saviez parler,
Vos voix harmonieuses
Pourraient nous révéler

L'ineffable mystère
Qui rayonne là-haut ;
Mais jamais sur la terre
Nul n'en saura le mot...

Beaux astres qu'on admire
Vous semblez m'appeler !
Au sein de votre empire
Je voudrais m'envoler

A l'heure où la prière,
Sur l'aile d'Ariel, (1)
Céleste messagère
S'élance vers le Ciel,

A l'heure solennelle
Qui parle à tous nos sens,
Où l'azur étincelle
Sous vos feux éclatants :

Car c'est l'heure choisie
Qui fait comme une fleur,
Jaillir la poésie,
Blanche étoile du cœur !...

Saint-Michel, Juillet 1853.

---

(1) L'ange de l'humanité.

La Rose Mousseuse.

EMPRUNTÉ A UNE PARABOLE DE KRUMMACHER.

Dédiée à ma cousine Anna G***.

Un jour, l'ange divin qui veille sur les fleurs,
S'assit dans un bosquet où de fraîches senteurs
    S'exhalaient du sein d'une rose
Que berçait mollement un amoureux zéphir
A l'heure où le soleil brille comme un saphir,
    Où sa chaleur vous dit : Repose.

Plus léger qu'un oiseau, le sommeil sur ses yeux
Se pose doucement ; les songes gracieux
    Sur son front étendent leurs ailes ;
La Rose avec amour lui donnait son parfum ;
Des joyeux rossignols les chants ne faisaient qu'un
    Avec le chant des hirondelles.

Le soleil irrité régnait en souverain ;
Ses rayons se jouaient dans les pleurs du matin
    D'où sortaient des jets de lumière ;
Et le joyeux berger, oubliant son hameau,
Ornait d'un ruban vert le cou du jeune agneau
    Qu'il a promis à sa bergère...

L'ange en se réveillant a remarqué la fleur
Qui répand sur son front, son parfum, sa fraîcheur ;
    L'ange lui dit d'une voix douce :
« Oh ! fleur, que j'aime tant, pour prix de tes bienfaits,
« Que veux-tu, réponds-moi ? — Bon ange, je voudrais
    « Une simple robe de mousse. »

L'ange, avec un souris, lui fit ce faible don ;
La plus belle des fleurs porte aujourd'hui le nom
Gracieux de : *Rose mousseuse.*
Anna, soyez en tout pareille à cette fleur,
Soyez simple comme elle, ayez aussi son cœur,
Ici-bas vous serez heureuse !

Bayonne, 1848.

L'Oiseau Captif.

A Mademoiselle C. L***.

Dans les chaines de l'esclavage,
Pauvre oiseau je pleure souvent,
Que ne puis-je, loin de ma cage,
Donner l'essor à mon doux chant !
Oh ! voyez, la campagne est verte,
Le soleil brille et l'air est vif ;
La plaine de fleurs est couverte, —
Plaignez le pauvre oiseau captif !...

Quand l'aube blanchit le feuillage,
Frères, vous saluez le jour ;
La brise mêle son langage
A toutes vos chansons d'amour !...
Au bruit de vos hymnes de fête,
Le cœur troublé, rêveur, pensif,
Je gémis en baissant la tête : —
Plaignez le pauvre oiseau captif !...

Quand j'étais libre, ouvrant mon aile,
J'entonnais le chant du réveil;
Je luttais avec l'hirondelle,
Je m'envolais vers le soleil.
Il n'est pour moi plus d'espérance,
Car je suis faible et maladif;
Je vais mourir bientôt, je pense... —
Plaignez le pauvre oiseau captif!...

Je ne verrai plus le grand chêne,
Ni le doux nid où je suis né;
Je vais succcomber à ma peine,
De tous les miens abandonné!...
Pourtant la Nature étincelle;
Quoique malade et bien chétif,
Je voudrais vivre encor pour elle : —
Plaignez le pauvre oiseau captif!

En regrettant le doux ombrage
D'un frêne où murmure le vent;
En contemplant son vert feuillage
Que dore le soleil levant,
Le prisonnier au doux plumage
Répète un chant triste et plaintif,
Puis meurt dans un coin de sa cage, —
Plaignez le pauvre oiseau captif!...

Saint-Jean-Pied-de-Port, Décembre 1852.

Sur ma prétendue mort.

A mon cousin Bernard C***,

Lieutenant des Douanes.

Non, l'ange de la mort, en déployant son aile,
Ami, n'est point venu me chercher ici-bas :
Du soleil, sur mes jours, le regard étincelle,
Et mes yeux n'ont point vu les ombres du trépas...
Cher cousin, cher ami, je vis, je vis encore
Pour chanter l'amitié qui croit porter mon deuil,
Pour chanter les rayons de la naissante aurore,
Qui brillent sur ma vie et non sur mon cercueil...
    Sèche tes yeux mouillés de larmes,
Viens me voir, car je veux te presser sur mon cœur ;
De la sainte amitié viens goûter les doux charmes,
    Oubliant tes alarmes,
    Viens rêver au bonheur !...

Saint-Michel, Juin 1858.

A Phœbé.

Dédié à M. J.-B^{te} E***,

Député au Corps Législatif.

> L'asile où tu me luis est le sacré vallon
> Et je sens que Diane est la sœur d'Apollon.
> (LEMIERRE. — *Les Fastes,* chant VII.)

Que j'aime la pâle lumière
Qui tombe de ton front d'argent,
A l'heure où la sainte prière
Sur un de tes rayons descend.
A cette heure une voix intime,
Voix qu'à peine je peux saisir,
Me chante une note sublime
Que mon cœur ne peut définir !...

Non, je ne peux te reproduire
Douce voix qui remplis mon sein ;
J'ai beau préluder sur ma lyre,
Les cordes repoussent ma main !
Du gothique clocher qui pleure
J'entends les doux sons dans les airs. —
Moi, de la voix intérieure,
Je ne peux dire les concerts !...

Pensif, dans un lieu solitaire,
Visité par ton blanc rayon,
Mes yeux suivent une onde claire
Qui serpente dans le vallon.

Phœbé, ta voix mystérieuse
Au rossignol dicte des chants ;
Et ma lyre silencieuse
Pour répondre n'a pas d'accents !

Sœur d'Apollon, sois-moi fidèle,
Ne consume plus mes beaux jours.
Oh ! toi qui m'apparais si belle,
Daigne me protéger toujours ;
Viens, penche-toi sur mon épaule,
Dis-moi des chants harmonieux :
Que ta poétique parole
A mon cœur révèle les cieux !...

Viens, encourage le poète
Prêt à trébucher en chemin ;
Fais que de sa lyre muette
Les cordes vibrent sous sa main.
Exauce son humble prière,
Souris en épongeant ses pleurs,
Fais qu'en sa pénible carrière
Sa main puisse cueillir des fleurs !...

Saint-Michel, Octobre 1858.

Caprice.

A mon ami H. V***.

La colline
Que tu vois,
Qui domine
Ce grand bois ;
Cette terre
De lumière
Où seul j'erre
Quelquefois.

La nacelle
Dans les mers,
L'hirondelle
Dans les airs,
A ma lyre
Qui soupire
Font redire
Cent concerts.

Le murmure
D'un ruisseau,
La voix pure
D'un oiseau,
Et l'aurore
Que j'adore
Qui me dore, —
Tout est beau !...

Ami, l'onde
En courroux,
Frappe et gronde
Près de nous,
Et sans trève
Elle enlève
De la grève
Les cailloux.

Vois la rose
Dans les champs,
Qui dépose
Son encens,
Et l'abeille
Sans pareille,
Qui s'éveille
Au beau temps.

Oh ! ma lyre
Aux doux sons,
On admire
Tes chansons !
Sur la tête
Du poète
Le Ciel jette
Ses rayons.

Bayonne, 1848.

Les Cerises de Saint-Pierre

LÉGENDE

IMITÉ DE GOETHE. (1)

Dédié à M. B***,

Inspecteur des Douanes.

Un jour le fils de Dieu, Jésus, Notre Seigneur,
Instruisait tout un peuple, un peuple dont le cœur
Comprenait rarement sa puissante parole :
Il prêchait en tous lieux un dogme qui console !
Il parlait en plein air !... On parle toujours mieux
A la foule souffrante en contemplant les cieux !...
Son amour répandait, de sa bouche sacrée,

---

(1) Voir la traduction française en prose des poésies de Goëthe, par M. Henri Blaze de Bury, laquelle nous avons emprunté l'idée de cette légende.

Comme un encens divin sa morale inspirée.
—Par un Ciel clair et bleu, plein de calme il marchait
Vers un bourg éloigné que le soleil dorait,
Dont les blanches maisons, reflétant sa lumière,
D'un trop brillant éclat fatiguaient la paupière....
— Voilà qu'en cheminant il aperçoit soudain
Un vieux fer à cheval gisant sur le chemin ;
« Ramasse ce vieux fer, dit Jésus à Saint Pierre » ;
De l'obéir le Saint ne se dépêchait guère :
Bercé d'illusions aux prismes enchanteurs,
L'Apôtre ne songeait qu'au faste des grandeurs !
L'Imagination, aimable vagabonde,
Lui montrait, en riant, le sceptre de ce monde,
Brillant de plus d'éclat qu'un rayon du matin :
Il se croyait déjà le roi du genre humain !....
Lui, qu'un beau rêve d'or encourage et chatouille,
Ramasser un vieux fer tout rongé par la rouille !
Allons donc !.... Si ce fer était un sceptre d'or
On conçoit qu'il ferait, peut-être, un faible effort
Pour se l'approprier ; mais un peu de ferraille !...
Ne lui parlez donc pas de pareille trouvaille !...
— Jésus, dans sa bonté, sans se croire abaissé,
Se courbe et ramassa le vieux fer méprisé....
—.Sans en rien témoigner, marchant d'un pas tran-
[quillé,
Notre Seigneur, enfin, arrive dans la ville ;
Ou plutôt dans le bourg. — Là, chez un forgeron
Il reçut pour le fer trois deniers de billon.
Dans le marché du bourg, Jésus voit deux corbeilles
Contenant jusqu'au bord des cerises vermeilles.
S'approchant du vendeur, il eut pour trois deniers
Deux bons marcs et demi de ces fruits printaniers ;
Mais, au lieu de manger, il glisse dans sa manche
Ces fruits appétissants, pensant prendre revanche
Contre le Saint aimé qui laissa le vieux fer
Pour des songes menteurs, pour des rêves en l'air...
Jésus, quittant le bourg, s'enfonce dans les plaines....

On n'entend nulle part le doux bruit des fontaines
Murmurer doucement, à travers le gazon,
Des flots harmonieux la joyeuse chanson !...
— Le soleil irrité, de la céleste voûte
Verse mille rayons, pas d'ombre sur la route,
Pas de fraîche oasis, pas un arbuste en fleur,
Pour se mettre à l'abri de l'ardente chaleur ;
Partout des rocs blanchis, partout un sable aride,
Qui feraient chanceler, fuir le plus intrépide.
Dans ce vaste désert, pour quelques gouttes d'eau,
De ses biens un avare au Christ eût fait cadeau !...
— Et Saint Pierre était là !... La soif qui le dévore
Inonde de sueur son front qui se colore ;
Jésus, qui le voyait, eut cependant pitié
Du Saint dont il connaît la touchante amitié :
Sur le chemin poudreux de temps en temps il laisse
Tomber une cerise et Saint Pierre se baisse
Pour ramasser ce fruit, qu'il savoure joyeux ;
Grâce à lui de sa soif il appaise les feux !
— Jésus, se retournant, parle avec un sourire,
Au Saint qu'il rend confus, et qui n'ose rien dire :
« Tu vois bien que ce fer avait quelque valeur,
« Et que tout, ici-bas, est un don du Seigneur....
« — Ne méprise jamais, Pierre, la moindre chose,
« Souviens-toi qu'un brin d'herbe est autant qu'une
                                        [rose !...
« Garde au fond de ton cœur, mais non pas à demi,
« La leçon qu'aujourd'hui je te donne en ami ! »

Saint-Michel, Octobre 1858.

L'Amour piqué par une Abeille.

Dédié à M. et Mme de B***.

Dans un frais vallon de Cythère,
Au bord d'une onde pure et claire,
L'Amour se couronnait de fleurs ;
Quand d'une rose printanière
Sortit une abeille en colère
Qui le piqua. — Lui, tout en pleurs,
Se plaignit à Vénus sa mère
De cette piqûre légère,
En criant : « Mère ! je me meurs ! »
« — Ce n'est rien, mon fils, lui dit-elle ;
« On ne peut mourir pour si peu....
« Va, mon enfant, ouvre ton aile
« Et voltige sous le Ciel bleu :
« En te disant que les blessures
« Que ta main fait à notre cœur,
« Que tu perces d'un trait vainqueur,
« Durent longtemps et sont plus sûres
« Que les plus cuisantes piqûres
« De dix abeilles en fureur ! »

Saint-Michel, Août 1858.

9

A Toi !

I.

Sur ton balcon je vois briller la rose
Fleur des amours que caresse Zéphir ;
Le papillon tout joyeux s'y repose
En frissonnant de joie et de plaisir !...
Quand tu souris, ta lèvre est plus vermeille
Que cette fleur, reine du doux printemps ;
Sous ton œil bleu mon âme se réveille,
Mon luth frémit et soupire des chants !

II.

Oh ! sois toujours l'étoile qui me guide,
Reluis sur moi dans un Ciel vaste et pur ;
Remplis d'espoir mon âme triste et vide
En l'éclairant d'un long regard d'azur !...
Oh ! sois toujours la fleur qui me parfume,
L'ombre qui tombe et vient me rafraîchir ;
Le filet d'eau, quand la soif me consume,
Qui sous mes pas exprès semble jaillir !

III.

C'est ton amour qu'il me faut, ma charmante,
Pour oublier les peines, le chagrin ;
C'est à ta voix suave et palpitante
Que mon Ciel noir redeviendrait serein !
Je verrais fuir loin de moi la tempête
En m'endormant doucement sur ton sein,
C'est l'oreiller que demande ma tête :
Vierge aux yeux bleus, viens me tendre la main.

IV.

Ange d'amour, toi qu'aujourd'hui j'implore,
Je chanterais l'éclat de ta beauté,
Ton nom irait comme celui de Laure (1)
Au bout d'un vers à la postérité !
Car je serais ton amoureux poète,
Pour toi j'aurais de doux chants chaque jour,
Et tous les vers que mon luth au vent jette
Iraient chez toi sur l'aile de l'Amour ! ! !

Bayonne, Octobre 1848.

Dédié à l'Auteur par son ami L. F.

Hégésippe Moreau.

J'entends encor l'accent de cette voix mourante,
Cygne qu'ont étouffé, dans sa gloire naissante,
    La misère et le mal :
Quand la soif desséchait son souffle sur sa lèvre,
Et qu'il tordait ses mains dans l'ardeur de la fièvre,
    Sur un lit d'hôpital.

Mon Dieu ! pourquoi frapper si tôt dans ta colère,
L'enfant que tu vêtis d'azur et de lumière
    Comme un ange du Ciel ;
Celui que tu comblas des dons de l'harmonie,
Que ta main couronna des rayons du génie,
    Diadème immortel ?...

---

(1) Amante du poète Pétrarque.

Il n'avait pas compris, âme simple et candide,
Quand il fut emporté sur la pente rapide,
    De la réalité,
Qu'il lui fallait tremper sa plume dans la fange
Afin d'avoir de l'or pour payer la louange
    D'un journal éhonté...

Il pensait, pauvre enfant, qu'il ne faut au poète
Que les chants souriants dans leurs habits de fête,
    Que le soleil et l'air !..,
Il s'en allait au vent jetant sa fantaisie,
Quand le mal et la faim sur sa face maigrie
    Passaient leurs doigts de fer !..

On l'a laissé mourir sans lui venir en aide,
Sans porter à ses maux, un dictame, un remède,
    Sans lui donner secours,
Sans qu'une voix amie ait à sa dernière heure
Un instant consolé dans sa triste demeure
    Ce Gilbert de nos jours !...

On l'a vu le poète, en sa lente agonie,
Dressé sur son grabat ! qui disait à la vie
    Comme un dernier adieu !...
Et puis il fut couché dans la tombe, et son âme,
Ce rayon détaché de la céleste flamme,
    A remonté vers Dieu !...

La misère au teint hàve et la faim qui dévore
Ont éteint tout à coup ce jeune météore;
    Il n'a point dépassé
— Pauvre enfant — la première étape du voyage;
Et la mort a fermé dès la première page
    Son livre commencé!

Bayonne, 1849.

Réponse

De l'Auteur à son ami M. L. F***.

Sans cesse en butte à la tempète,
Par mille océans ballotté,
D'âge en âge on voit le poète
Triste et courbé, baissant la tête,
Par le malheur persécuté !...
Pauvre victime expiatoire,
Écrasé par un lourd fardeau ;
Toujours le soleil de la gloire
Pour lui brille sur un tombeau !

Ami, marchons avec courage
Vers l'avenir sombre ou serein,
Nous débarquerons au rivage
Malgré les éclairs et l'orage,
En nous donnant tous deux la main !...

Bayonne, 1849.

Les Illusions Envolées.

A mon frère E. F***.

> Flatteuse illusion, doux oubli de nos peines,
> Oh ! qui pourrait compter les heureux que tu fais.
> (*Poésies.* — COLARDEAU.)

Un jour que j'errais seul loin des bruits de la ville,
Dans un site ombragé, pittoresque, tranquille,
Je vis un pélerin, un humble voyageur,
Assis près d'un ruisseau qui longeait une route;
—Caché par un buisson, je m'approche et j'écoute
   Ces mots qui peignaient sa douleur :

« J'ai visité les lieux où le soleil se lève,
« Dans des climats dorés j'ai suivi ce beau rêve :
« Qu'on nomme illusion, feu follet, ou bonheur ;
« Quand j'ai cru le saisir, comme un oiseau timide,
« Ouvrant son aile au vent, d'un vol sûr et rapide,
   « Il a fui bien loin de mon cœur.

« Chastes illusions, essaim doux et folâtre,
« Qui dansiez sur mon front comme le feu dans l'âtre,
« Revenez, revenez vers le pauvre exilé,
«—De même qu'au printemps la joyeuse hirondelle,—
« Oh! revenez vers moi, vers moi qui vous appelle,
   Vers moi qui suis tout désolé !...

« Naguère vos rayons éclairaient ma demeure,
« La joie était connue à mon âme qui pleure ;
« La joie ainsi que vous est morte sans retour...
« Plus d'espoir... la tristesse habite dans mon âme,
« Elle ronge ma vie !... et mes yeux pleins de flamme
   « S'assombrissent de jour en jour.

« Oh ! vous qui me charmiez, vous qu'on poursuit
                              [sans cesse,
« Vous que chacun bénit, dans une sainte ivressse,
« Vous qui faisiez jadis ma croyance, ma foi,
« Revenez, revenez, je suis toujours le même,
« Je pleure, je gémis !... Illusions que j'aime,
          « D'un vol joyeux venez vers moi !...

« Sans vous plus de plaisirs, plus de chants, plus de
                              [fêtes !
« Mon horizon est noir, il couve des tempêtes ;
« Mon œil triste et troublé ne voit plus l'avenir,
« L'avenir que j'ai vu tout brillant et sans voiles,
« M'apparaît aujourd'hui comme un ciel sans étoiles,
          « Sombre et morne à faire mourir !...

« Dans ce monde trompeur, c'est vous seules qui faites
« Sourire le soleil qui reluit sur nos têtes ;
« Sans vous tout se ternit, la nature est en deuil,
« La fleur est sans parfum, l'âme sans espérance,
« Et la joie a fait place à la noire souffrance,
          « Roulant des larmes dans son œil !...

« C'est en vain que ma voix vous invoque et vous prie,
« Non, vous ne voulez pas refleurir sur ma vie. —
« Mon cœur, mon pauvre cœur ! sans vos rêves char-
                              [mants,
« Ressemble à l'arbrisseau que le vent dans sa rage
« A dépouillé des fleurs, des fruits et du feuillage
          « Que lui donne chaque printemps. »

Il dit : Puis, épongeant les pleurs de son visage,
Il reprend dans sa main son bâton de voyage ;
Je le suis du regard dans l'horizon brumeux,
Et lui marche toujours sans songer qu'un poète,
Invisible témoin de sa peine secrète,
          Pour son bonheur forme des vœux !...

Octobre 1852.

Le Ruisseau Bienfaisant

ET LA MARE ÉGOÏSTE...

Dédié à mes cousins M. et Mme B. F***.

Voyez au pied de la montagne
Ce ruisseau clair et transparent,
Qui s'élance dans la campagne,
Court et serpente en gazouillant;
Dans les plis de son onde claire
Folâtre le rayon naissant :
Joyeux, il porte à la rivière
Le tribut de ses flots d'argent.
— Aux environs est une mare,
Qui garde son eau qui s'endort
Avec plus de soin qu'un avare
Ne garde de beaux sequins d'or !...
La mare, qui croit être sage
D'agir ainsi, dans son langage
Dit : « Ecoute, petit ruisseau,
« Où vas-tu, pimpant et volage,
« En prodiguant ainsi ton eau ?
— « Je vais, dit-il, à la rivière
« Tourner la meule du moulin,
« Enrichir la fraîche meunière,
« Et moudre, du soir au matin,
« Sans m'arrêter dans ma carrière,
« Le blé dont l'homme fait son pain.
— « C'est agir très-mal, dit la mare,
« De répandre ainsi constamment

« Ton onde claire qui s'égare
« Dans les prés verts en sautillant...
« L'Été s'empresse, il nous arrive
« Escorté d'un soleil brûlant :
« Retiens, retiens ton eau captive
« Où son regard sur cette rive
« Va tarir ton flot transparent !
« Dans ce monde, notre demeure,
« Répondit le ruisseau charmant,
« S'il faut que demain soir je meure,
« Je veux mourir en travaillant :
« Que la chaleur me soit fatale
« Ou non, cela ne me fait rien...
« Avant que mon flot ne s'exhale
« Je veux encor faire le bien.
« De mon suave et doux murmure
« Je veux égayer ces coteaux ;
« Je veux enchanter la nature
« Du gazouillement de mes eaux !... »

A ces mots, avec un sourire,
La mare d'un air insultant,
Traita de sot, de pauvre sire,
Le petit ruisseau bienfaisant...

Voici l'Été, le soleil brûle ;
Tombant d'aplomb sur le ruisseau,
Les ardeurs de la canicule
Semblent vouloir tarir son eau ;
Mais les arbres lui font ombrage,
En se penchant avec amour
Le long du fortuné rivage
Qu'il rafraîchit durant le jour...
La fleur, que le zéphire penche,
Lui verse un parfum odorant ;
L'oiseau qui chante sur la branche

Le fête avec son plus doux chant !
Le soleil même qui se mire
Dans ses flots clairs pleins de rayons,
Du haut du Ciel semble lui dire :
Ne crains rien, sur toi nous veillons !...
Ainsi parmi fleurs et verdure,
Le clair ruisseau, tout bondissant,
Répand toujours sur la nature,
La fraîcheur et le long murmure
De son petit filet d'argent....

Mais, dites-moi, que fait la mare,
Qui dans l'égoïsme s'endort,
Qui dans son bassin, en avare,
Se contemple en narguant le sort ?

Hélas ! malgré sa prévoyance,
La mare un jour se corrompit,
— C'est ainsi que la Providence
Du haut du Ciel frappe et punit. —
Dans son eau pestilentielle,
Dont nous plaignons ici le sort,
Si quelque vent trempait son aile,
Ce vent au loin portait la mort...
Aussi, quittant son voisinage,
Les hommes allaient vivre ailleurs :
Sur cet infortuné rivage
La nature, dans son veuvage,
Pleurait les arbres et les fleurs...
De cette mare croupissante,
Le Seigneur eut pitié pourtant,
Il fit sécher son eau dormante
Par le souffle d'un vent brûlant ;
Tandis que le ruisseau, sans cesse,
Va refléter dans les vallons,
Avec une égale tendresse,

Les fleurs, les arbres, les rayons.
D'en haut, le Seigneur alimente
Sa source au filet argenté,
Qui coule fraîche et murmurante,
Dorée par les feux de l'été...
— Dieu le bénit. — Pour qu'il en fasse
Autant pour nous qui l'implorons,
Dans ce bas monde où tout s'efface,
Pour les pauvres soyons tous bons.
Secourons l'homme, notre frère,
Soulageons-le de son fardeau :
Dieu veillera sur nous en père
Comme sur le petit ruisseau !...

Saint-Michel, Juin 1858.

Élégie

Sur la Mort d'un Enfant.

> Et, rose, elle a vécu ce que vivent les roses,
>   L'espace d'un matin.
>
> (MALHERBE.)

Le souffle de la mort a fermé ta paupière,
Pauvre enfant : il t'enlève aux baisers de ta mère !
Je ne te verrai plus rire, jouer, sauter ;
La maison désormais que tu vas habiter
Est triste, petit ange, elle est humide et sombre,
Le funèbre cyprès seul y verse son ombre... —
Toi que j'ai vu souvent sourire en ton berceau,
Pauvre ami, maintenant, tu dors dans un tombeau !...

Moi qui plains aujourd'hui ta triste destinée,
Sais-je si je verrai la fin de cette année ?...
Le tombeau, chaque jour, comme un gouffre béant,
Dévore l'homme fait de même que l'enfant !
Oh ! j'ai vu bien de fleurs, fraîches, venant d'éclore,
Qui s'épanouissaient aux rayons de l'aurore ;
Qui croyaient toutes voir le coucher du soleil,
Et dorment maintenant d'un éternel sommeil !

La mort est le tribut de tout ce qui respire :
Les larmes qu'on répand quand un mortel expire
Sont l'hommage rendu par ceux qui sont encor,
Aux parents, aux amis, endormis dans la mort !
Les pleurs montent aux cieux sur les ailes d'un ange,
Et de l'être qu'on pleure à Dieu font la louange ! —
Ta pauvre mère, hélas ! dont tu reçus les soins,
A toi pense sans cesse et te trouve de moins ;

Je conçois son chagrin, je respecte sa peine ;
Quand tu dormais, ami, respirant ton haleine,
Son front sur ton front pur se penchait chaque jour,
Et ses yeux t'enlaçaient d'un long regard d'amour....
La douleur maintenant sanglotte dans son âme ;
Je la vois, je la plains et je dis : Pauvre femme !...
Quand elle s'agenouille, Auguste, à ton berceau
Et qu'en rêve elle voit la pierre d'un tombeau !...

Ange que j'aime tant, à ta mère qui pleure,
De ce beau ciel d'azur, aujourd'hui ta demeure,
Où l'on ne connaît pas les peines d'ici-bas :
Fais naître en souriant le bonheur sous ses pas !
Et que son front si pur, que le noir chagrin plisse,
Par ton secret pouvoir, doux ami, s'éclaircisse !....

Bayonne, Janvier 1849.

Au Poëte Jasmin.

(L'auteur n'eut pas la hardiesse de présenter ces couplets au poète populaire qu'il admire et qui remplissait une mission sacrée.)

I.

Salut à vous, qui nous rendez visite,
Salut à vous, ô poète enchanteur !
A vos accents, mon cœur ému palpite :
Vous écouter me comble de bonheur !...
Comme Amphion, aux sons de votre lyre,
Vous relevez les murs d'un temple saint (1) ;
Soyez béni, poète qu'on admire,
Car vous chantez pour un noble dessein !

II.

Quand du talent on fait un noble usage,
Le Ciel sourit de nous l'avoir donné ;
De ces produits vous faites le partage
A l'orphelin, au pauvre abandonné !...
De ce trésor que Dieu mit dans votre âme
Aucun bon cœur ne peut être jaloux,
Car vous semez ainsi qu'un doux dictame
L'or que vos vers attirent près de vous.

------

(1) Amphion, fils de Jupiter et d'Antiope. Mercure fut son maître de musique et lui fit présent d'une lyre aux accords de laquelle les pierres, sensibles à l'harmonie, venaient se ranger d'elles-mêmes pour former les murs de Thèbes. (*Mythologie.*)

III.

Lorsque l'hiver, avec sès mains de neige,
Nous pousse tous au coin de notre feu;
Pour faire fuir l'ennui qui nous assiége,
Je lis les vers que vous inspira Dieu !
En nous berçant, votre lyre divine,
A dans nos yeux fait éclore des pleurs....
Poëte aimé, devant vous je m'incline,
Car vous savez le chemin de nos cœurs.

IV.

Ah ! si j'avais votre verve facile,
Je chanterais dans mes vers vos bienfaits,
Car chacun sait, dans notre bonne ville,
Tous les heureux que les vôtres ont faits !...
Que n'ai-je ici, Jasmin, une couronne
D'or et d'azur pour parer votre front. —
Je ne l'ai pas !... d'un enfant de Bayonne
Acceptez-donc une simple chanson !...

Bayonne, Juillet 1850.

Plainte.

Dédié à M. D***,

Capitaine des Douanes.

Je t'ai perdu, doux rêve
D'espérance et d'amour,
Comme un fleur sans sève
Mourante sur la grève,
Son parfum en un jour !...

Le Ciel qui se colore
Se ternit à mes yeux,
Le sommet qui se dore
Des rayons de l'aurore
Ne me rend plus joyeux.

Oh ! pourquoi sur la terre,
Où si peu nous restons,
— Dans ma douleur amère —
Dis-je à Dieu, notre père,
Ployer ainsi nos fronts ?...

Pourquoi, Seigneur, la peine
Nous prend-elle la main : —
Frappant la race humaine
Qui s'agite et promène
Son malheureux destin,

De l'un à l'autre monde
Poursuivant le bonheur,
Qui sur la mer profonde
Brille et se perd dans l'onde
Aux yeux du voyageur.

Bonheur, douce chimère,
Astre au front radieux,
En toi chacun espère ;
Mais, dédaignant la terre,
Tu brilles dans les cieux !...

Élance-toi, mon âme,
Vers le divin séjour :
Dans ce foyer de flamme
A Jéhovah réclame
Un seul rayon d'amour !...

Bayonne

Les Deux Amies.

Thérèse à Christine.

Amitié, don du Ciel, étincelle divine,
De joie et de plaisir tu fais battre mon cœur....
Car aimer, tu le sais, oh ! ma bonne Christine,
C'est goûter le bonheur !...

Le bonheur est un bien qu'on cherche sur la terre
Et qui n'est nulle part ;
Mais moi, j'ai découvert cette fleur éphémère
Au fond de ton regard.

Christine à Thérèse.

Pourquoi compares-tu le bonheur à la rose,
Que le souffle du Nord effeuille en un matin ;
Notre bonheur à nous sur l'amitié repose,
Il n'aura pas de fin !...

Saint-Jean-Pied-de-Port, Septembre 1850.

A la France.

Dédié M. L. L***.

Oh ! France , doux pays, oh ! ma chère patrie ,
Que Dieu, que le Seigneur t'environne d'amour,
Que ta gloire jamais, jamais ne soit flétrie,
Que du Ciel et du monde elle fasse le tour !...

Que le siècle qui vient, admire ton génie,
Que ton savoir partout brille comme le jour,
Qu'en toi tout soit lumière et puissance infinie :
France ! voilà mes vœux, je parle sans détour.

Oui, je voudrais te voir, toujours en paix, heureuse,
Verser comme aujourd'hui la clarté lumineuse
De ta science à torrents sur les peuples divers !...

Oui, je voudrais te voir ainsi qu'un aigle immense ,
Qui d'un sommet désert dans l'espace s'élance,
Planer d'un vol puissant sur ce vaste univers !.,.

Avril 1858.

6

A Toi.

L'ombre s'enfuit et dans l'espace
Brillent les rayons du matin ;
La brume doucement s'efface
Là-bas dans l'horizon lointain ;
Le rossignol tout joyeux chante
En voyant renaître le jour :
Et sur la rose éblouissante
Le papillon frémit d'amour !...

Déjà la brise matinale
Voltige en caressant les fleurs,
Le lilas sous nos yeux étale
Sa robe aux changeantes couleurs !
Ici-bas tout ce qui respire
S'éveille à l'éclat d'un beau jour,
Moi je renais sous ton sourire,
Si frais, sipur, si plein d'amour...

Quand tout reluit dans la nature,
Que l'oiseau chante le Ciel bleu,
Alors que sa voix douce et pure
Comme un encens monte vers Dieu !...
Viens sur mon cœur, toi dont l'œil brille,
Comme le Ciel par un beau jour :
Dieu veut qu'on aime, jeune fille,
C'est pour cela qu'il fit l'amour !...

Sare, Avril 1853.

Le Spectre au blanc manteau.

BALLADE.

A M. Louis E***.

La lune baignait tout de sa clarté; on dirait qu'il fait jour au cimetière.
(Castil-Blaze de Bury, trad. Goethe.)

Sur les tombeaux du cimetière,
A l'heure où tout n'est que sommeil,
La lune en versant sa lumière
Brillait comme un pâle soleil...
On n'entendait dans la nature
Que le clair murmure des flots;
Dans leurs petits nids de verdure
Reposaient les petits oiseaux:
Je vis soudain surgir dans l'ombre
Un spectre sortant d'un tombeau,
Son œil luisait d'un éclat sombre,
Il s'entourait d'un blanc manteau.

Saisi d'une frayeur subite,
A la Vierge je fis un vœu;
Et j'allai me cacher bien vite
Dans la sainte maison de Dieu.
Minuit sonnait et de l'église
Le vieux clocher jetait dans l'air

Sa voix d'airain qu'au loin la brise
Portait de la plaine au désert :
Soudain un cri long et sonore
Sortit de la nuit d'un tombeau...
— A ce cri, j'en frémis encore,
Je vis danser le blanc manteau...

« Mécréants, qui dormez sous terre,
« Réveillez-vous, réveillez-vous,
« La blanche lune vous éclaire,
« Pour vos os ses rayons sont doux !...
« Venez, et qu'une ronde immense
« Vous réunisse cette nuit,
« Dansons, que chacun en cadence
« Bénisse l'heure de minuit. »
A cette voix qui les appelle,
Je vis s'agiter maint tombeau,
Et cent squelettes pêle-mêle
Danser autour du blanc manteau. —

La chauve-souris, la chouette,
Abandonnant les vieux créneaux,
Vinrent assister à la fête
Des mécréants des noirs tombeaux !...
La sorcière, quittant son bouge,
Sur un manche à balai brûlé,
Plus rapide qu'un éclair rouge
S'élance !... et sous son front voilé
On voit son œil ridé qui brille
Comme les charbons d'un fourneau, —
— En ricanant elle sautille
Devant le spectre au blanc manteau.

Je vis, dans ma frayeur extrême,
Je vis dans ce sabbat sans nom,
Un danseur à la face blême
Qui hurlait comme un vrai démon;

Je crois; je le dis sur mon âme,
Que c'était le roi des enfers,
Car un rouge dragon de flamme
Planait sur lui du haut des airs !...
C'était un bruit, un tintamarre
A briser le meilleur cerveau ;
C'était une danse bizarre
Digne du spectre au blanc manteau...

Les échos de l'église sainte
Répétaient le bruit de leurs pas ;
Alors que je tremblais de crainte
Tous ces morts riaient aux éclats !...
Leurs os faisaient un bruit étrange
Lorsqu'ils s'entre-choquaient entr'eux,
Dieu ! que n'étais-je un de vos anges
Pour m'enfuir d'un vol dans les cieux.
Je tremblais devant ce spectacle,
J'étais muet comme un tombeau :
J'entendais près du tabernacle
Le frôlement du blanc manteau !...

Las de cette danse infernale
Je me signai dans le saint lieu,
Et sur l'autel où l'or s'étale
Je pris la croix de notre Dieu :
Alors, sans crainte au cimetière
J'entrai tenant le Christ en main, —
— Le sabbat disparut sous terre
En voyant le Sauveur divin !...
Au souvenir de la défaite
Des noirs mécréants du tombeau,
La fièvre vient brûler ma tête
Et je crois voir le blanc manteau.

Ahusqui, Septembre 1858.

Sonnet.

LES RUINES DU CHATEAU DE GRAMONT.

A mes cousins A. G*** et A. D***.

> Sous vos abris croulants je voudrais habiter,
> Vieilles tours que le temps l'une vers l'autre incline,
> Et qui semblez de loin, sur la haute colline,
> Deux noirs géants prêts à lutter.
> (VICTOR HUGO. — Odes.)

Vieux castel de Gramont, de ta splendeur passée
Les flots de la Bidouze ont sans aucun retour
Emporté les débris : de ta gloire éclipsée,
Non, nul ne se souvient !... la gloire dure un jour !...

Poète voyageur, seul avec ma pensée,
Je vins l'été dernier près de ta vieille tour,
Sur ton faîte jauni, de ma lyre élancée
Je sentis frissonner mille chansons d'amour !...

Car je respecte et j'aime, ô castel séculaire !
Ces vieux murs que le temps a festonnés de lierre,
Ces glorieux débris sur leur base croulants...

Comme on respecte un prêtre, un enfant, une mère,
Un vieillard tout courbé dont le front centenaire
Est encor couronné de quelques cheveux blancs !...

Mai 1858.

Sonnet

SUR UN PETIT ENFANT.

Dédié à mes cousins M. et Mme C***.

> Laissez venir à moi les petits enfants.
> (*Évangile.*)

J'aime à voir, cher enfant, sur ton charmant visage,
Poindre chaque matin un sourire joyeux,
Ainsi qu'un doux rayon qui perce le nuage
Et qui dore soudain l'horizon à nos yeux.

J'aime à te voir jouer, courir, frais et volage,
Après les papillons au vol capricieux,
Sans chagrins, sans soucis, sans crainte de l'orage,
Tous tes moments, ami, sont des moments heureux.

Je retrempe mon cœur dans ta fraîche jeunesse,
Je me plais à tes jeux !.. en voyant ton ivresse
Je voudrais revenir à l'âge de six ans !...

De te voir, de t'aimer, jamais je ne me lasse,
Je trouve en toi toujours une nouvelle grâce,
Car tu brilles sur moi comme un jour de printemps !...

Juillet 1858.

Amour et Poésie.

A Mᶫᶫᵉ T. M***.

Brune et volage,
Ton doux langage
Plaît à mon cœur,
Chante sans cesse :
Le jour caresse
L'arbre et la fleur !...

Et la lumière
Qui nous éclaire
Du haut des cieux ;
Jouant dans l'onde,
Pure et profonde,
Rit à nos yeux.

Toi, fais comme elle,
Luis, étincelle,
Bénis le jour :
Lorsque ma lyre
Sous ton sourire
Vibre d'amour ! —

Oh ! poésie,
Fleur de l'Asie,
Parfum divin ;
Soupir de l'âme
En traits de flamme
Sors de mon sein.

Sur toute chose,
Brin d'herbe ou rose,
Arrête un peu,
Ta strophe ardente,
Vive et brûlante
Comme le feu !

Car la volage,
Au gai langage,
Aux cheveux bruns,
Verse en mon âme
Amour et flamme
Et doux parfums !...

Urdos, Mai 1854.

L'Oiseau.

A Mlle M. L***.

Un jour que j'étais seul sur une immense plage,
A l'heure où le soleil s'élance dans les cieux,
A mes pieds vint tomber un oiseau de passage
Que j'eus soin de soigner, de chauffer de mon mieux.

Il revint à la vie, il ouvrit sa paupière,
Enchanté de revoir l'éclat d'un jour serein :
Je l'embrassai deux fois, ainsi qu'un jeune frère ;
Après ce doux baiser il partit de ma main..

Il partit tout joyeux, et sa voix douce et pure
Semblait me remercier de ce que j'avais fait,
Et moi j'étais content de rendre à la nature
Les doux chants de l'oiseau qui loin de moi volait.

Comme ce pauvre oiseau je voudrais sur ma route,
Quand je suis dévoré par quelque noir chagrin,
Quand sur mon avenir je vois planer le doute,
Rencontrer un ami pour me tendre la main !...

Côte-de-Vielle, Octobre 1857.

Souvenir.

A mon ami A. L***.

Reverrai-je, Seigneur, ces vallons, ces montagnes,
Reverrai-je le Ciel où j'ai reçu le jour,
Reverrai-je ces bois et ces vertes campagnes,
Et d'un pic élevé s'envoler le vautour ?

Reverrai-je ce Ciel aux brillantes étoiles
Et l'horizon pourpré par le soleil couchant,
Reverrai-je le Ciel, s'enveloppant de voiles,
Fermer silencieux les portes du Levant ?

Reverrai-je des champs la robe de verdure
Briller sous la rosée ainsi qu'un diamant,
Quand Phœbus de son char verse sur la nature
Tout l'éclat dont il luit dans le bleu firmament ?

Reverrai-je ces rocs dont j'aimais voir la cime
Sortir du sein des mers, s'élancer dans les cieux,
Reverrai-je ces flots qui grondent dans l'abîme
Dont le gouffre béant épouvantait mes yeux ?

Reverrai-je ces monts où grondent les orages
Battus par l'ouragan sous le feu des éclairs, —
Oh ! que mon cœur aimait ces terribles images,
Oh ! comme il écoutait ces sublimes concerts ! —

Me rendrez-vous, Seigneur, ces lieux que je révère,
Ces lieux où j'ai connu la douce paix du cœur,
Ces lieux où j'ai laissé des amis, une mère,
Et le doux souvenir de mes jours de bonheur !...

Mexico, Avril 1845.

Le Mousse.

A mon ami V. F***.

La noire tempête
Rugit sur ta tête ,
 Mousse, à genoux !
Implore la madone
Pour qu'elle nous pardonne,
 Mousse, à genoux !

Oh! vois l'éclair qui joue
En tombant sur la proue,
   Mousse, à genoux !
Près du mât de misaine
Tout le monde est en peine,
   Mousse, à genoux !

Regarde l'équipage
Abattu, sans courage,
   Mousse, à genoux !
Aux coups de la tempête,
Triste, courbant la tête,
   Mousse, à genoux !

Dans le Ciel qui s'éclaire
De Jésus vois la mère,
   Mousse, à genoux !
L'ouragan qui s'apaise
Gémit sur la falaise,
   Mousse, à genoux !

Sur la mer en colère
Sois toujours en prière,
   Mousse, à genoux !
Quand il vente et qu'il tonne
Implore la madone,
   Mousse, à genoux !

Sur mer, en vue des Antilles, 1844.

Je t'aime.

Je n'ai trouvé qu'un monde
Et ce monde est l'amour.
(ED. TURQUETY. — *Poésies*.)

A toi seule je rêve
Et la nuit, et le jour,
Charmante fille d'Éve
Connais-tu mon amour ?
Sais-tu que ton sourire
Fait palpiter mon cœur,
Pitié pour mon délire !
Ange, fais mon bonheur !

J'aime ton front d'ivoire,
Ton front d'un blanc si pur,
Ta chevelure noire,
Ton œil d'un bleu d'azur,
Cette taille flexible
Comme un roseau mouvant :
Ne sois pas insensible
Pour moi qui t'aime tant !...

Je donnerais mon âme
Sans regrets, sans effroi,
Pour un baiser de flamme
Qui me viendrait de toi !
Oui, plus que la madone,
Plus que le Christ mourant,
D'amour je t'environne...
Mon amour est si grand !...

C'est toi qui sur la terre
Me fais croire au bonheur,
C'est par toi que j'espère
Un avenir meilleur,
Tu répands sur ma route
Et les fleurs et le miel.
Dans mon cœur plus de doute
Tu m'as fait croire au Ciel.

Bayonne, 1848.

Sonnet.

MA PENSÉE.

A Mademoiselle ***.

Quand dans l'azur du Ciel la lumière étincelle,
Que le soleil sur nous verse de chauds rayons,
Ma pensée aussitôt s'élance, et de son aile
Rase en glissant les blés jaunis dans les vallons.

Elle court, vagabonde, où le bonheur l'appelle,
Dans les champs diaprés, sur la cime des monts ;
Ainsi que le zéphir, sur la rose nouvelle
Elle se pose avec les joyeux papillons !...

Elle se pose aussi, bien souvent, jeune fille,
Quand tes yeux noirs sont clos par un sommeil tran-
[quille,
Aux rideaux de ton lit d'un délicat travail !...

Et puis elle s'endort, vierge candide et pure,
Comme un sylphe aérien dans un pli de verdure,
De son souffle effleurant tes lèvres de corail !...

Décembre 1853.

A Monsieur et Madame B. F***.

Appel aux Riches du monde en faveur des Pauvres. (1)

> Bienheureux celui qui sait secourir l'indigent
> et le pauvre, le Seigneur le sauvera aux jours
> mauvais et le secourra sur son lit de douleur.
> (SALOMON.)

> La charité c'est tout le Christianisme.
> (BOSSUET.)

Secourez le malheur, riches, voici l'hiver
Qui s'approche et qui va torturer dans sa chair
Le pauvre à l'œil terni, qui gémit et qui pleure
Lorsque le vent du Nord ébranle sa demeure !
Secourez le malheur, ne fermez pas la main
Aux Lazares du jour qui demandent du pain.
Rappelez-vous que Dieu vous donna l'opulence
Pour secourir celui qui gît dans l'indigence,
Oh ! souvenez-vous bien que cet or répandu
Ici-bas, dans le Ciel ne sera pas perdu :
Oh ! souvenez-vous bien que nous sommes tous frères,
Qu'en tout lieu vous devez soulager les misères
Qui rongent avec force en ce siècle fatal

---

(1) Ces vers ont été écrits vers la fin de 1853; dans les
années de disette qui l'ont suivie, les riches, à l'exemple du
Gouvernement Impérial, ont soulagé partout la misère.
(Note de l'auteur.)

Comme un cancer hideux notre corps social !...
L'hiver n'est rien pour vous, d'élégantes soirées
Tiennent toute la nuit vos maisons éclairées ;
Des lustres de vermeil suspendus aux plafonds
Font renaître l'éclat du jour dans vos salons !
Votre horizon est pur, votre ciel sans nuage ;
Rarement sur vos fronts s'amoncèle l'orage,
L'heure s'enfuit pour vous sur l'aile du plaisir,
Vous ne formez jamais en vain un seul désir
Qui ne soit satisfait. — Avec l'or qui résonne
Vous aurez en plein Mars tous les fruits de l'Automne :
La pêche au doux parfum, le raisin transparent... —
On se procure tout quand on a de l'argent.

Le feu dans vos foyers toujours pour vous pétille,
Que le vent siffle ou non, qu'il pleuve ou qu'il grésille ;
Vos enfants bien vêtus, à l'abri de vos toits,
Auront toujours de quoi chauffer leurs petits doigts !..,
Ils auront une couche aux rideaux de dentelles,
Brodés artistement, et blancs comme les ailes
Du cygne harmonieux que le flot des étangs
Berce dans ses plis bleus par un jour de printemps !
Si le moindre chagrin humecte leurs paupières,
Oh ! voyez aussitôt, voyez leurs tendres mères,
Les presser doucement, baiser leurs cheveux blonds,
Et pour les consoler leur donner de doux noms !
Il est d'autres enfants, riches, que dans vos fêtes
Vous oubliez, et qui, pour abriter leurs têtes,
N'ont qu'un toit de roseau que traversent les vents,
Quand l'hiver pique et mord avec ses froides dents !...
Et ces pauvres petits, au lieu d'un lit de laine
Ou de plume soyeuse, ont de la paille à peine
Pour reposer un peu !... Ce n'est pas tout encor :
— Retenez bien ceci, riches tout cousus d'or, —
Alors que vos enfants, à l'allure joyeuse,
Savourent tous les mets d'une table copieuse,

Le fils de l'indigent souvent ne peut avoir
Pour apaiser sa faim un morceau de pain noir !...
Il lui faudrait alors, pour calmer sa souffrance,
Quelque brins de cet or que votre orgueil dépense,
Sans l'ombre d'un regret, dans de bruyants repas,
En chantant, en riant, en brisant en éclats
Le verre de cristal où le champagne fume,
Lorsqu'il mousse et qu'il jette une blanchâtre écume !

Madame, quand du bal les accords mélodieux
Font briller la gaîté dans le fond de vos yeux,
Quand vous vous élancez par la valse entraînée,
Songez que nous entrons dans une triste année !...
Avec vos pièces d'or vous trouverez toujours
Du pain de pur froment ; mais dans les mauvais jours,
Le pauvre ne pourra soutenir sa famille
Même avec du pain noir !... Faudra-t-il que sa fille,
Répondez, pour ne pas voir mourir ses parents,
Que le froid et la faim auront rendus tremblants,
Pour quelques vils deniers, l'œil éteint, le front pâle,
Aille prostituer sa beauté virginale ?...
— Vous ne le voulez pas !... faites donc un effort,
Dans la main du malheur laissez tomber votre or !...
Mais moi qui n'en ai point, moi qui n'ai qu'une lyre,
Qui blâme et qui maudis, pauvres, le long martyre
Que vous endurez tous dans ce monde d'un jour,
Je vous offre pour don mes chants et mon amour !...
C'est peu, je le sais bien, mais la voix du poète
Des malheurs inconnus fut toujours l'interprète...
Peut-être que ces vers, enfants de la douleur,
Seront bien accueillis et toucheront le cœur
De ceux qui n'ont besoin de rien sur cette terre
Et qui n'ont jamais su ce qu'était la misère !

Louhossoa, Novembre 1853.

7

Élégie.

A la mémoire de M. A. C***.

> Je ne viens pas rappeler dans votre
> esprit le souvenir d'une mort que vous
> avez déjà pleurée.
>
> (FLÉCHIER.)

C'est à lui que je dois le peu de poésie
Qui germe et qui fleurit dans le fond de mon cœur;
C'est à lui que je dois la tranquille harmonie
D'un style, simple et clair, ayant quelque douceur;

C'est à lui que je dois le doux nom de poète
Qui rayonne et qui luit comme un astre des cieux;
C'est à sa douce voix que ma lyre muette
Tressaillit et jeta des sons harmonieux !

C'est à lui que je dois les extases divines
Que l'inspiration verse sur ses élus;
C'est par lui que mes vers, arbustes sans épines,
Se couronnaient de fleurs aux parfums inconnus.

Il n'est plus, pauvre ami, dans la tombe il sommeille,
La mort, la triste mort a soufflé sur ses jours;
Sa voix ne viendra plus vibrer à mon oreille !...
Mais son doux souvenir en moi vivra toujours !...

Saint-Michel, Novembre 1858.

Le Diamant brut, le Philosophe et l'Enfant.

Dédié à mes cousins A. et C. S***.

> L'homme dépourvu de connaissances,
> malgré sa jeunesse et sa beauté, ressem-
> ble à une fleur qui n'a pas de parfum.
> (*Maxime Indienne.*)

Par un beau jour d'automne, un philosophe austère,
Loin des bruits des cités, dans un lieu solitaire,
Suivait tout doucement, d'un œil triste et rêveur,
Dans ses mille contours une onde pure et claire
Qui gazouillait le long de la verte lisière
D'un bois — où s'égayait le jeune oiseau chanteur.
— Son visage soudain d'un éclair de bonheur
S'illumine en voyant au bord de la rivière,
    Qu'il foule d'un pas nonchalant,
Un petit cailloux gris, une modeste pierre,
Qu'il ramasse et qu'il met dans sa poche à l'instant.
    Tout près de là se trouvait un enfant,
Qui lui manifestait, d'un ton vif et folâtre,
Sa surprise de voir son air joyeux, content,
Pour avoir mis en poche une pierre grisâtre
    Qui ne vaut pas un sou vaillant.
    Le philosophe, en souriant,
Lui dit : « Mon cher ami, dans la ville prochaine,
« Chez moi, viens me trouver au bout de la semaine

« Et je te ferai voir qu'il valait bien la peine
      « De ramasser, d'empocher à l'instant
« Ce cailloux noir et gris : c'est une bonne aubaine
      « Que m'envoie le Dieu Tout-Puissant :
« J'en remercie, ami, sa bonté souveraine. »
— Notre enfant fut fidèle au rendez-vous donné : —
Le philosophe ouvrant une riche boîte
      Devant son regard étonné,
Fait luire un diamant qui scintille et miroite,
      Et sans nul doute destiné
A parer quelque jour un front prédestiné...
« Voilà, mon cher ami, lui dit-il, cette pierre,
      « Que jadis tu méprisais tant ;
« C'est le travail, les soins d'un brave lapidaire
      « Qui nuit et jour la dépouillant
      « De son enveloppe grossière,
      « En ont fait ce beau diamant
« Dont l'éclat t'éblouit, dont le rayon t'éclaire
      « Comme un astre du firmament !...
« Le maître qui t'instruit, cet autre lapidaire,
« A polir ton esprit travaille incessamment ;
« Du savoir il infuse en ton cœur la lumière,
— « Profite de ses soins. — Un jour sur cette terre
« Tu brilleras, peut-être, ainsi qu'un diamant !... »

Saint Michel, Août 1858.

Ivresse d'Amour.

Ton œil noir que j'aime
D'un amour suprème,
Fait mon seul bonheur !...
Brune fille d'Ève,
Il luit comme un glaive
Et perce mon cœur !...

Je te poétise
Le soir quand la brise,
Aux jeux inconstants,
Doucement taquine
Rose purpurine
Et cheveux flottants !..,

Douce jeune fille,
Astre qui scintille
La nuit sur mon front ;
Dore ma jeunesse,
Toujours sur moi laisse
Tomber un rayon.

Vois, mon cœur s'élance
Riche d'espérance,
Vers toi, mon amour ;
Quand tout ici change
Lui seul, mon bel ange,
T'aime nuit et jour !...

Vielle, Juin 1857.

Aux Riches.

Qui donne aux pauvres prête à Dieu !
(VICTOR HUGO.)

Faites le bien, suivez ce précepte sublime,
Dieu vous préservera du sombre et noir abime
    Que Satan creuse sous vos pas !...
Riches, des malheureux soulagez la misère,
Ce pauvre meurt de faim, ce pauvre est votre frère,
    Dites-lui : Viens donc dans mes bras !...

Je vous ai vus souvent accorder un sourire
A ces bals somptueux qu'enfante le délire,
    A ces vains fantômes d'orgueil !
Ne pensiez-vous donc pas qu'en dehors de ces fêtes,
De ces salons remplis de brillantes toilettes,
    D'autres grelottaient sur le seuil ?

Ne pensiez-vous donc pas à la noire mansarde
Qu'éclaire la résine à la lueur blafarde,
    Triste flambeau du malheureux.
Ne pensiez-vous donc pas au père de famille
Qui vendait, pour manger, sa dernière guenille,
    Le cœur gros, les larmes aux yeux ?

Non, vous ne pensiez pas alors à la misère,
Vous pensiez au plaisir, au plaisir éphémère,
    Rose qui s'effeuille en un jour.
Vous disiez : Jouissons, car bientôt la vieillesse
Chassera loin de vous la bruyante jeunesse,
    Sans un seul espoir de retour !...

Au nom de Jésus-Christ, riches, faites l'aumône,
Savourez le plaisir qu'on ressent lorsqu'on donne :
    Semez en ces terrestres lieux !...
Prodiguez les bienfaits, soulagez la misère,
Riches compatissants qui donnez sur la terre
    Vous recueillerez dans les cieux !...

Bayonne, Juin 1848.

Joie et Tristesse.

A mon frère J.-P. F***.

Par un tiède soleil que la nature est belle !
Ainsi qu'un bijou d'or la campagne étincelle ;
L'âme s'épanouit sous les rayons du jour
Comme un cœur de vingt ans sous un baiser d'amour !
Le poète joyeux fuit sa maison obscure,
Pour prêter son oreille à la voix douce et pure
De l'oiseau qui bâtit sur le chêne géant
Son nid aérien que caresse le vent !...

Heureux comme un enfant loin des bancs de l'école,
Ses longs cheveux épars, comme il court, comme il
                                  [vole,
Vers ces coteaux en fleurs d'où son œil bleu ravi
Contemple les beautés de ce monde infini !...
Le lys sur son passage entr'ouvre son calice,
Il se penche enivré, respire avec délice,
Son suave parfum que Dieu mit sous ses pas
Pour lui faire oublier les chagrins d'ici-bas !,.

Il aime à parcourir les débris poétiques
De ces nobles manoirs dont les pierres antiques,
Ainsi qu'un livre ouvert parlent à notre cœur
D'amour, de loyauté, de vaillance et d'honneur !
Le front haut, l'œil en feu, sur sa lyre d'ivoire
Il chante, et des vieux preux il nous redit la gloire !...
Il chante et tout se tait... Dans un divin transport
Le poète vivant exhume un siècle mort !...

Debout, les bras croisés sur sa vaste poitrine,
Il regarde en rêvant le soleil qui décline,
Dont les derniers rayons dans les flots s'allongeant
En une mer de feu transforment l'Océan !...
Oh ! quand le calme ainsi de tous les points ruisselle
S'il pouvait s'élancer vers la voûte éternelle,
Il fuirait sans regret ce monde triste et vain,
Où notre pied se heurte aux cailloux du chemin !...

Dans ses jours nébuleux, quelquefois une femme
Verse au fond de son cœur les trésors de son âme ;
Alors il croit à tout et l'avenir lointain
Sur son front inspiré brille pur et serein,
Il rêve de beaux jours !... Mais soudain la tempête
Rugit, ses longs éclairs illuminent sa tête ;
Le Malheur en riant près de lui vient s'asseoir,
En jetant sur sa table un morceau de pain noir,
Il lui souffle ces mots : « Tu ne m'attendais guère,
«. Et cependant tu sais qu'en moi tu vois un frère !...
« J'ai veillé bien des nuits sur ton humble berceau,
« Je serai ton ami jusqu'au bord du tombeau,
« Car j'ai toujours chéri les enfants du Parnasse ;
« Camoëns m'a connu de même que le Tasse !
« Sous mon regard plus doux qu'un rayon du matin
« Leur génie a grandi pareil au vieux sapin,
« Dont le feuillage vert au vent du soir s'agite,
« Dans les sommets déserts que l'aigle seul habite ! »

Le Barde lui répond : « Chaque jour, chaque instant
« J'attendais ta visite, oh ! que je suis content
« De te connaître enfin... — Je savais qu'avec joie
« Tu déchirais le sein du poète, ta proie... —
« Pourquoi pousser plus loin ta lâche cruauté ?
« Tu me railles, démon !... mais le Ciel m'a doté
« D'un cœur de diamant où ton insulte passe
« Sans même en effleurer un instant la surface !... »

Mais alors le Malheur, sous son souffle écrasant
Le courba comme un jonc assailli par le vent !...

Enfants, n'enviez pas la gloire du poète,
Car, voyez-vous, les fleurs qui brillent sur sa tête
Renferment dans leur sein des poisons dévorants
Qui rendent en un jour ses cheveux noirs... tout
                                        [blancs !...

Buenos-Ayres, Mai 1851.

Les Sœurs de Charité.

Délivrez de l'épreuve
Celui que l'infortune abreuve
Et qui tombe dans son chemin.
(E.-Gout. DESMARTRES.)

Anges dignes des cieux, oh ! vous qui sur la terre
Avec un doux regard soulagez la misère !...
Vous qui des malheureux séchez toujours les pleurs,
Pourquoi fuir des plaisirs la troupe souriante ?
Pourquoi veiller avec une lampe mourante
    Sur un sombre lit de douleurs ?

Pourquoi consolez-vous le pauvre en sa demeure ?
Pourquoi servir de mère à l'orphelin qui pleure ?
Laissez-les souffrir seuls !. .jouissez ici-bas ; —
Déchirez sans regrets votre robe de bure,
Ornez vos courts cheveux d'une riche parure,
    Faites briller vos doux appas.

Le monde vous attend tout parfumé de fêtes ;
Des couronnes de fleurs doivent orner vos têtes,
Quittez pour des salons votre humide hôpital,
Oh ! venez sans remords, le monde est un théâtre,
Montrez-vous aux regards de la foule idolâtre,
    Dans un frais costume de bal !...

Quittez donc des saints lieux l'obscurité profonde,
Venez à votre tour connaître enfin le monde ;
Les plaisirs par essaims vont naître sous vos pas !
Oh ! venez recevoir plus d'encens, plus d'hommages
Que Jésus au berceau n'en reçut des trois Mages...—
    Le monde vous ouvre ses bras !...

Ces anges du Seigneur, qu'avec respect j'admire,
Répondirent ensemble avec un doux sourire :
« — Le bien que nous faisons est notre seul plaisir,
« C'est un devoir sacré, c'est un saint ministère,
« Nous devons ici-bas soulager la misère
    « Jusqu'à notre dernier soupir !...

« Nous voulons conserver dans notre conscience
« Le bonheur et la paix que goûte l'innocence : —
« Quand on sème en ce monde on recueille là-haut.
« Faire le bien vaut mieux que vivre dans des fêtes,
« A donner, à prier que vos âmes soient prêtes,
    « Courbez-vous devant le Très-Haut !!! »

Bayonne, Juin 1858.

Vers

Écrits au bas du portrait de ma Mère.

> L'avenir d'un enfant est toujours
> l'ouvrage de sa mère.
>
> (NAPOLÉON Ier.)

C'est le portrait chéri d'une mère adorée
Qui vit bien loin de nous au fond des vastes cieux,
Sur nous, sur ses enfants, de la voûte azurée,
Le cœur rempli d'amour elle jette les yeux !...

Oui, nous nous souvenons des trésors de tendresse
Que sur nos jeunes fronts elle épanchait toujours ;
Comme un ange gardien, elle veillait sans cesse
Sur chacun de nos pas, sur chacun de nos jours !..

Ses conseils ont germé dans le fond de nôtre âme :
Les mots de probité, d'espérance et d'honneur,
Y sont gravés par elle en syllabes de flamme,
Et nous avons tous trois hérité de son cœur !...

Saint-Michel, Février 1858.

La Vierge Marie.

Dédié à ma cousine A. G***.

> Aimez la Vierge Marie,
> La Vierge vous aimera.
>
> (P. LACHAMBEAUDIE.)

Mère du blond Jésus, oh ! Vierge Immaculée,
Soutien de l'innocence, étoile au blanc rayon ;
Fais refleurir l'espoir dans toute âme troublée
Comme un lys parfumé dans le pli d'un vallon.

Au séjour de lumière
Puissante et bonne mère,
S'envole ma prière,
Daigne veiller sur moi ;
Fais tomber sur la route
Du malheureux qui doute,
De la céleste voûte
Un rayon de la foi !

Dans mes jours nébuleux, vers-toi mon cœur s'élance
Comme l'oiseau du ciel dans l'espace azuré,
Comme un chant éolien que la brise balance,
Comme un encens divin, comme un rêve doré.

Oh ! divine madone
Dont le front pur rayonne,
A toi je m'abandonne,
Daigne tendre la main,

Chaste reine des anges
Digne de nos louanges,
A l'enfant dans ses langes,
Au petit orphelin !...

Mère au cœur virginal, fais qu'un jour dans ta gloire
Je puisse t'honorer dans le sein de mon Dieu ;
Fais que je chante un jour sur ma lyre d'ivoire
Avec les séraphins dans le fond du Ciel bleu !...

Vierge, garde à toute heure
La chétive demeure
Du malheureux qui pleure
Sur son mauvais destin.
Que la riche opulence
Secoure la souffrance
De ceux que l'indigence
Force à tendre la main !...

Et que l'homme, en jetant un regard en arrière,
Se rappelle la mort de ton Fils bien-aimé ;
Qu'il se jette à genoux, qu'une sainte prière
S'envole de son cœur vers le Ciel embaumé.

Le pardon qu'il réclame,
Divine et sainte Dame,
Purifiera son âme
Qui rêve le Ciel bleu ;
Car toujours la prière
A rapproché la terre
Du séjour de lumière
Où règne le Bon Dieu !...

Mère du blond Jésus, oh ! Vierge Immaculée,
Soutien de l'innocence, étoile au blanc rayon,
Fais refleurir l'espoir dans toute âme troublée
Comme un lys parfumé dans le pli d'un vallon !

Briscous, Mai 1855.

Au Malheur.

> Un malheur continuel pique et offense;
> on hait d'être ainsi houspillé par la for-
> tune.
>
> (Mᵐᵉ de Sévigné.)

Jamais un seul moment, détestable Malheur,
    Tu n'as cessé de me poursuivre;
Mais je me ris de toi, de toi je n'ai plus peur,
    En compagnons nous devons vivre!

Faible, frêle et chétif quand j'étais au berceau,
    Seul, tu veillais sur mon enfance;
Si quelque rêve d'or me peignait tout en beau,
    Ton souffle en chassait l'espérance!...

Exécrable Malheur, tu l'as chassé souvent,
    Comme on chasserait une mouche
Qui vient en bourdonnant se poser sur l'enfant
    Prêt à sommeiller dans sa couche.

Bien jeune j'ai connu ce que pèsent tes fers,
    Jeune, j'étais sous ton servage,
Bien loin de ma patrie, au delà de nos mers,
    Je subis l'effet de ta rage.

Malheur, je suis poète!... et je nargue le sort,
    Creuse-moi mon dernier asile,
Car je sais que c'est là le seul, l'unique port,
    Où tu me laisseras tranquille!

Mexico, Mars 1846.

Mélancolie.

Dédié à mon oncle A. S***,
Receveur principal des Douanes.

Quel charme pour un cœur plein de mélancolie
D'errer tout seul, le soir, dans la verte prairie,
 Au coucher du soleil ;
De voir, avec amour, la lune qui s'élance,
Ses rayons sont si doux dans le sein du silence : —
 Quand on fuit le sommeil !...

Quel charme de rêver dans un lieu solitaire,
Quand la brise des nuits vient caresser la terre,
 Alors qu'au Dieu puissant
Tout offre le tribut de l'immense nature :
La rose son parfum, l'onde son doux murmure,
 Le rossignol son chant,

Le poète les sons, doux enfants de sa lyre,
Que l'Envie, à l'œil sombre, appelle un vain délire,
 En se riant de nous,
Car le poète est né pour recevoir l'outrage ;
Mais il supporte tout, il marche, avec courage,
 Sans plier les genoux !...

Que nous importe à nous les bravos de la foule ;
Le poète est semblable au courant qui s'écoule
 Dans l'ombre des vallons ;
Son eau verse partout la fraîcheur, l'abondance,
Nous faisons comme lui, sur chaque être qui pense,
 Nous versons nos rayons.

Nous éclairons l'esprit plongé dans les ténèbres,
Nous chassons loin de lui tous les songes funèbres,
    Compagnons de l'erreur.
Nous lui montrons le bien, et toujours sur sa route,
Nous semons sans regret, nous versons goutte à
                                        [goutte,
        L'extase et le bonheur.

Et nous, persécutés, dans ce monde où tout passe,
Nous suivons dans l'exil et le Dante et le Tasse,
    Ballottés par le vent;
Notre lyre aux doux sons est un triste héritage,
Courbés par le malheur, nous allons d'âge en âge,
    De l'aurore au couchant.

Vous tous qui connaissez le malheur et la peine,
Vous qui traînez au pied un morceau de leur chaîne,
        Ainsi qu'un criminel, —
Venez, approchez-vous, et versez dans notre âme
Des consolations le bienfaisant dictame,
        En nous parlant du Ciel ! ! !

Mexico, Juillet 1846.

Chant d'Espérance

ou

RETOUR DU PRINTEMPS.

Dédié à **M. H. D***,

Directeur des douanes et des contributions indirectes.

> Oh !.doux printemps, saison des fleurs,
> J'aime ta première verdure,
> Car elle annonce aux laboureurs
> Tous les bienfaits de la nature.
>
> (Aimé Martin.)

L'hiver s'enfuit, le Printemps qui s'avance
En souriant nous promet de beaux jours,
Le rossignol, rompant son long silence,
Barde, aux doux chants, fait rêver aux amours !

Un soleil d'or dans l'onde qui murmure
Laisse flotter l'éclat de ses rayons ;
Tout s'embellit dans l'immense nature,
Nous respirons mille parfums sans noms….

Le papillon qui tout joyeux voltige,
En se mirant dans le miroir des eaux,
Semble une fleur absente de sa tige ;
Nous découvrons des horizons nouveaux !…

8

Un sang plus pur circule dans nos veines,
Un feu divin s'allume dans nos yeux,
En déposant le fardeau de nos peines,
L'espoir au cœur nous regardons les cieux.

C'est la saison qui charme le poète,
Tout est parfum, tout brille, tout sourit,
Le ciel est pur, la nature est en fête,
Et sous nos pas tout germe et resplendit...

Nous bénissons Dieu, le maître suprême,
Nous l'implorons, nous prions à genoux ;
Dans les cœurs froids expire le blasphème :
Le doux Printemps nous transfigure tous !...

C'est au Printemps que la sève bouillonne,
C'est au Printemps que le froment jaunit,
C'est au Printemps que l'arbre se couronne
Des fruits vermeils dont il nous éblouit.

Oui, le Printemps fait oublier la neige,
Les ouragans, le froid, la triste faim,
Comme une mère, enfants, il nous protége
Et de nos maux il nous promet la fin...

C'est au Printemps que la vigne bourgeonne,
C'est au Printemps que le vieux laboureur
Songe à remplir son grenier et sa tonne,
De vins, de fruits, doux rêve de son cœur.

Car le Printemps, amis, c'est l'espérance,
Sa grande voix nous parle de bonheur,
Il vient vers nous couronné d'abondance:
Il nous promet un avenir meilleur...

Courage donc, l'avenir se colore,
L'hiver s'enfuit dans les steppes du Nord ;
Voyez, enfants, une nouvelle aurore
A l'horizon jette ses reflets d'or.

Fils du malheur, vous qui tremblez sans cesse,
Vous que l'hiver glaçait dans vos haillons,
Le doux Printemps, qui voit votre détresse,
Va vous chauffer au feu de ses rayons !...

Soyez heureux, Dieu veille sur la France,
Sous son beau ciel un nouveau jour a lui,
Et le Printemps, qui tout joyeux s'avance,
Pauvres enfants, va vous servir d'appui.

Soyons heureux, oublions la misère :
Du haut du ciel, comme un sauveur divin,
Le doux Printemps vient régner sur la terre
En nous portant des fruits d'or et du pain !...

Vieille-St-Girons, Mars 1857.

A M. C***.

> L'envie est un hommage que
> l'impuissance rend au génie.
>
> (***)

C'est en vain que la calomnie,
Au regard perfide et trompeur,
S'acharne à ternir votre vie,
A dénigrer avec furie
Vos livres que je sais par cœur...
Votre douce philosophie,
Votre talent, votre génie
Renverseront, malgré l'envie,
L'échafaudage de l'erreur !...

Briscous, Mai 1855.

Ballade.

LA REINE DES ALFES BLANCS. (1)

Dédié à M. L***,

Vice-consul de Grèce à Bayonne.

Qui peut nous égaler, le soir, quand sous la lune,
Loin des rumeurs du jour, dont le bruit importune,
Alfes, aux pieds légers, nous nous mirons joyeux
Dans la fraîche rosée : — étincelle brillante
Qui répand dans les prés sa lumière ondoyante :
Rayons d'or qu'elle emprunte à l'étoile des cieux !...

Oui, notre vie est douce,
Car sans nulle secousse
Nous naissons sur la mousse
Du ruisseau murmurant;
Et dans le blanc calice
Des fleurs, avec délice,
Loin du mal et du vice
Nous dormons doucement.

(1) *Alfes :* Génies de la Mythologie scandinave. On distingue deux classes d'alfes, les noirs et les blancs. Les alfes blancs habitent le séjour de la lumière *alfheim* et sont favorables aux hommes. Les alfes noirs habitent les régions de l'ombre et de la mort, et détruisent, quand ils le peuvent, l'ouvrage des alfes blancs. C'est la personnification du bon et du mauvais principe.

Venez, accourez tous, alfes de la montagne,
Vous, alfes des forêts, dans la verte campagne
Suivez sur le gazon la reine de vos cœurs ;
Sur un rayon des nuits qui scintille dans l'ombre,
Dansez, improvisez des quadrilles sans nombre,
La lune en souriant resplendit sur les fleurs !...

Effleurez la surface
Du courant d'eau qui passe
En franchissant l'espace
D'un vol rapide et sûr...
Entourez-vous de voiles
Tissés dans les étoiles,
Eblouissantes toiles
De lumière et d'azur.

Que la pâle clarté de la lune croissante,
Argente avec douceur votre essaim qui m'enchante ;
Venez, accourez tous, venez d'un pas égal,
Danser dans les forêts au mobile feuillage,
Venez, accourez tous, venez, peuple volage :
Car j'ai fait préparer votre salle de bal...

Le brouillard qui se lève
En estompant la grève,
Vers nous, monte, s'élève
En baignant le gazon :
Dansons jusqu'à l'aurore,
Beaux alfes qu'on adore,
Sur leur harpe sonore
Les gnomes noirs jouiront. (1)

---

(1) *Gnomes* : Peuple de génies d'une petite stature, que les cabalistes juifs ont inventés. Les gnomes, dont les femmes sont appelées gnomides, habitent dans les gisements métalliques du globe, dans les mines d'or et d'argent, et dans toutes sortes de pierres précieuses dont ils se constituent les gardiens.

Venez tous, venez tous, ivres de jouissance,
Tournez en voltigeant, que chaque alfe s'élance
D'un bond prodigieux sur l'arc-en-ciel du soir ;
Que votre pied soit sûr, que jamais il ne laisse
Sur les fleurs, boutons d'or, que la brise caresse,
L'empreinte de vos pas que je n'y veux point voir !...

> Quand la noire tempête,
> En rugissant se jette
> Sur la mer qui reflète
> Les éclairs dans les flots ;
> Quittez sous le feuillage
> Votre danse volage,
> Et sauvez du naufrage
> Les pâles matelots !...

Pour de plus doux moments abandonnez la danse ;
Alfes blancs, mes sujets, veillez sur l'innocence ;
Faites naître l'espoir comme un rayon vermeil,
Au cœur du jeune enfant que le bonheur délaisse :
De vos songes d'azur que la douce caresse
Le berce au sein des nuits et dore son réveil !...

Ahusqui, Septembre 1858.

Sur le bord de la mer.

Dédié à M. L***,

Capitaine des Douanes.

Cet horizon brumeux, noirci par les orages,
Cet Océan roulant les débris des naufrages,
Ces énormes rochers, granitiques géants
Frappés des feux du ciel, ébranlés par les vents ;
Dont l'éclair furieux illumine la crête,
Font tressaillir mon cœur d'une terreur secrète !...
Et je dis à mon âme, en écoutant le bruit
De la foudre et des mers se parlant dans la nuit :
A genoux, à genoux, rêve d'un jour, atômes
Mortels, chétifs et vains ! devant Dieu nous ne sommes
Que misère et néant !... De tout temps le berceau
A couvé, comme un œuf, la pierre du tombeau !...
— Adorons-le, ce Dieu, qui, chaque jour, nous jette
Le bonheur, fleur d'azur, que courbe la tempête,
Dont le parfum divin, lorsqu'il s'exhale aux cieux,
Laisse un doux souvenir et des larmes aux yeux !...

Côte de Biarritz, Juin 1855.

Sonnet.

LA RHUNE.

Je veux que mon retour
Té paraisse bien long. Je veux que nuit et jour
Tu m'aimes. — Nuit et jour, hélas! je me tourmente!
Présente au milieu d'eux, sois seule, sois absente,
Dors en pensant à moi, rêve-moi près de toi,
Ne vois que moi sans cesse, et sois tout avec moi!

(ANDRÉ CHÉNIER. — *Poésies.*)

Quand l'aube du matin vient caresser, ô Rhune,
De sa blanche clarté ton sommet nébuleux,
Je rêve et je crois voir pétiller les beaux yeux,
Et flotter dans les airs les cheveux de ma brune...

Car la nuit, bien souvent, nous avons tous les deux
Contemplé ton front chauve argenté par la lune,
En demandant à Dieu, pour trésor et fortune,
De bénir notre amour et de nous rendre heureux!...

Voilà bientôt un an que je suis loin de celle
Qui lors de mon départ jura d'être fidèle
En me pressant la main quand je lui dis : — Adieu!...

Se souvient-elle encor, dis-moi, de la promesse
Qu'elle me fit alors? — Moi, je l'aime sans cesse,
Je l'aime et je l'adore, ainsi qu'un ange Dieu!...

Décembre 1853.

La Femme.

Dédié à Mademoiselle E. E***.

El corazon de la muger es semejante al
harpa eolia que resuena al primer soplo
del zafiro ; á sus labios asoma de continuo
la sonriza ; las lágrimas brillan en sus ojos.

M. T.

Le cœur de la femme est semblable à une
harpe éolienne qui résonne au premier
souffle du zéphir ; à ses lèvres point toujours le sourire ; les pleurs brillent dans
ses yeux.

I.

Quand du Seigneur la parole féconde
De l'ombre du néant fit jaillir dans les cieux,
   Ce beau soleil qui verse sur le monde
De son disque doré les rayons radieux ;
   Quand sous nos pas sa bonté fit éclore
Les ruisseaux murmurants, les arbres et les fleurs,
     Et tout l'éclat dont se décore
     La nature dans ses splendeurs ;
S'il n'avait pas créé, en même temps que l'homme,
Dans ce vaste univers dont il fit son royaume,
La femme au doux regard, au sourire enchanteur,
     Ce monde n'eût été qu'une ombre,
     Une œuvre sans nulle valeur,
     Un séjour misérable et sombre,
     Indigne du Dieu créateur !...

Mais Dieu qui connaissait le besoin de notre âme,
    Pour Adam créa le sommeil,
Et pendant qu'il dormait fit la première femme,
    Belle comme un rayon vermeil !...
Adam, en s'éveillant, reconnut sa compagne
    A son regard plein de douceur ;
    Joyeux, dans la verte campagne,
    Il chantait un hymne au Seigneur !...
    C'est dans une extase divine
Que d'Eve il contemplait le front chaste et rêveur,
Couché nonchalamment au pied de la colline,
    Près d'elle il rêvait au bonheur...
    Car la femme, sur cette terre,
    Nous conduit toujours par la main ;
    Sur nos pas versant sa lumière,
    Elle éclaire notre chemin !...
    Son œil noir est comme une étoile
    Qui rayonne toujours sur nous ;
    Quand le bonheur pour nous se voile
    Nous la trouvons à nos genoux :
    Sans cesse elle nous encourage,
    Elle nous parle d'avenir,
    Elle nous montre le rivage
    Où nos peines doivent finir.

II.

Oui, la femme embellit la brillante nature :
Mon Dieu, c'est une fleur à l'éclat velouté,
C'est un ange du ciel, céleste créature,
Que tu dotas d'amour, de grâce et de bonté.

Saint-Michel, Septembre 1858.

Ode.

SEIZE ANS.

A mon ami E. A***.

Age d'or où tout se colore
D'un prisme aux brillantes couleurs,
Où l'âme, au lever de l'aurore,
S'enivre du parfum des fleurs !
Où l'on aime le doux murmure
Du ruisseau qui dans la verdure
S'enfuit en reflétant le ciel ;
Où l'on se recueille en silence
Devant cette nature immense ;
Œuvre du poète éternel !

Bel âge où l'on chérit la gloire,
Les yeux bleus, les cheveux flottants,
Les mains blanches comme l'ivoire,
Le ciel aux rayons éclatants ;
Où l'on adore toutes choses,
Le petit enfant aux pieds roses,
La feuille qu'emporte le vent ;
Où l'âme ne sait rien maudire,
Où l'on croit aux chants de la lyre,
Où l'on croit au soleil levant...

Oh ! fraiche saison de la vie,
Toi qui fais dans le fond du cœur,
Bien loin des regards de l'envie,
Naître des rêves de bonheur ;
Ton souvenir qui me caresse
Au lieu de bannir la tristesse
Qui me tient sous sa main de plomb,
M'écrase encore davantage,
Car tous les beaux jours du jeune âge
Etreignent aujourd'hui mon front !

Tu ne viendras plus sur ma tête
Briller comme un jour de printemps,
Car le souffle de la tempête
A fait mourir avant le temps,
Dans mon cœur la douce espérance,
Blanche fleur que la Providence
Fait éclore dans notre sein,
Pour que le barde qu'on délaisse,
Rongé par la noire tristesse,
Ne maudisse pas son destin.

Tu ne reviendras plus, jeune âge
Dont je me souviens tous les jours,
Doux trésor, brillant apanage,
Oui, je t'ai perdu pour toujours !
C'est en vain que ma voix t'appelle :
Ta couronne riante et belle
Ne viendra plus parer mon front.
Dieu, dans sa puissance suprême,
Te réserve, beau diadème,
Pour nos enfants qui grandiront.

Telle est, dans ce monde où tout passe,
La loi qui régit les humains :
La jeunesse fuit et s'efface,

La gloire glisse dans nos mains !
La fleur que le matin on cueille,
Le soir se flétrit feuille à feuille
Sur le doux sein de la beauté :
Tout ce qui brille s'évapore
Ainsi qu'un rayon de l'aurore
Qui se perd dans l'immensité !...

Pourquoi, réponds, d'un vol rapide
As-tu fui sitôt loin de moi !
D'émotions mon âme avide
T'a vu partir avec effroi :
Tous mes projets, tous mes doux songes,
Désormais seront des mensonges
Bel âge au tendre souvenir :
Car plus le rêve avait de charmes,
Plus le réveil cause de larmes,
Plus on tremble pour l'avenir !...

Vera-Cruz, Septembre 1844.

A Mademoiselle J. L***.

J'aime à voir le matin, sous les feux de l'aurore,
La rose au doux parfum qu'un souffle fit éclore ;
J'aime à voir les rayons d'un jour pur et vermeil,
J'aime le papillon à l'humeur inconstante
Qui brille à mes regards comme une fleur naissante
Sous les feux du soleil !...

J'aime à fouler les prés dans le val solitaire,
Avec toi, quand la lune argente avec mystère
Le nid du pauvre oiseau qui repose et qui dort,
A l'heure où tu me dis, dans un joyeux langage,
Tes rêves d'avenir, espoir de ton jeune âge,
Couronne aux reflets d'or !...

Et moi, silencieux, je t'écoute et je rêve,
En abreuvant mon cœur, oh ! jeune fille d'Éve,
Dans ton œil souriant, au rayon immortel,
Je rêve que je t'aime et que toute mon âme
T'appartient, que pour toi, charmante jeune femme,
Je donnerais le ciel !...

Linxe, Mai 1857.

~~~~~~

Déception.

A un prétendu ami.

> Rien n'est plus commun que le nom,
> Rien n'est plus rare que la chose.
>
> (LAFONTAINE.)

Des rêves azurés ont effleuré ma tête,
Aux illusions d'or mon âme s'était faite ;
Poète, à l'œil rêveur, je croyais ici-bas
A la douce amitié, compagne de l'enfance,
Maintenant, triste et seul, je gémis quand je pense
Qu'elle n'existe pas !...

J'ai pesé dans ma main ce mot d'ami !... Que dis-je ?
Faut-il qu'en un instant s'écroule le prestige
Qui parfumait mes jours, qui faisait mon bonheur ?
Faut-il que ce rayon que Dieu mit dans notre âme
S'éteigne dans la nuit et que sa douce flamme
    N'échauffe plus mon cœur ?...

Un ami que l'on aime est une douce chose,
Tout son bonheur à lui, du nôtre se compose,
C'est une blanche fleur, éclose en un matin ;
Vous pouvez la cueillir, elle n'a pas d'épines,
L'amitié pure et vraie, aux paroles divines,
    Toujours nous tend la main.

A cette amitié-là, non, je ne veux plus croire,
C'est une ombre qui fuit, c'est un rêve illusoire
Qui vivait dans mon cœur, qu'en mes vers j'ai chanté;
Mes yeux longtemps fermés s'ouvrent à la lumière,
Désormais je ne veux avoir foi sur la terre
    Qu'en la réalité !...

Buenos-Ayres, Mai 1851.

A mon ami A. G***.

Ami, si je pouvais je te ferais poète,
Et ma main poserait, doucement sur ta tête,
Une couronne d'or aux rayons éclatants !
Et je serais heureux d'admirer ton génie,
De retremper mon cœur dans la sainte harmonie
    De tes suaves chants !

Et c'est pour toi qu'alors ma lyre suspendue,
Que je cache avec soin et dérobe à la vue
De l'être indifférent qui se rit de nos pleurs,
Modulerait des sons inspirés, pleins de grâce,
Plus doux que le soupir de la brise qui passe
    Dans les touffes de fleurs...

Si j'avais le pouvoir d'une puissante fée,
Tu serais mon poète, et les doux chants d'Orphée
Seraient tous éclipsés par l'éclat de tes vers !...
Ton nom retentirait sur l'Océan qui gronde
Et serait répété de l'un à l'autre monde
    Par la brise des mers !...

Port d'Urcuit, Avril 1847.

A Mademoiselle J. F***.

Oui, tes chants sont plus doux que la brise embaumée
Qui frissonne à travers le saule du chemin,
Reprends ton luth sonore et que la poésie
Te conduise, Julie, ici-bas par la main.

Reprends ton luth divin et que la poésie
En flots harmonieux s'écoule de ton sein,
Qu'elle brille sur toi, qu'elle dore ta vie,
Et préserve tes jours des ombres du chagrin !...

Ta fraîche poésie est un baume pour l'âme
Que le doute flétrit, que le malheur endort,
Et tes vers inspirés, parfumés de cinname,
Font germer et fleurir nos illusions d'or.

Leur sympathique accent me charme et me caresse,
J'écoute avec bonheur tes chants harmonieux ;
Transporté de plaisir, je crois en mon ivresse,
Ouïr l'écho lointain d'une harpe des cieux !...

Cambo, Juillet 1853.

9

A Jéhovah !

Toi qui fis, Jéhovah, les brillantes étoiles
Qui répandent sur moi leur paisible rayon,
Oui, je voudrais te voir comme les blanches voiles
Que je vois luire au bord de l'immense horizon;

Oui je voudrais te voir comme l'astre de flamme
Que je vois s'élancer sous le dôme des cieux ;
Car je sais que c'est toi qui fais vibrer mon âme
Comme une lyre d'or au chant mélodieux....

Oui je voudrais te voir comme le doux sourire
Que je vois sur le front d'un enfant au berceau,
Te voir comme je vois le beau lys qui se mire,
A l'aube du matin, dans le courant de l'eau;

Te voir comme je vois l'azur et la lumière,
Te voir dans ta splendeur, divin Adonaï,
Comme Moïse un jour, rayonnant de lumière,
Le vit sur le sommet du grand mont Sinaï ;

Te voir comme je vois l'ange qui sur ma vie
Verse de son amour les parfums enivrants,
Pour te remercier du peu de poésie
Que tu mis dans mon cœur et qui s'exhale en chants !

Bayonne, 1850.

Fable.

La Rose et le Papillon.

« Tu me fuis, disait la Rose,
« Sans remords et sans chagrin;
« Cependant à peine éclose
« Tu t'enivrais sur mon sein !
« Aujourd'hui pas de caresse,
« Tu te ris de ma douleur,
« Et quand le soleil s'abaisse ?
« Tu ne dors plus sur mon cœur !... »

« — Quoi, tu prétends, fleur chagrine,
« Que je t'adore toujours,
« Que devant toi je m'incline
« Et t'admire tous les jours ?
« Si Dieu me donna des ailes,
« Eblouissantes et frêles,
« Comme à tous les papillons,
« C'est pour que dans les vallons
« Où brillent fleurs et moissons
« J'aille choisir les plus belles ! »

Fille d'Eve au front rêveur,
L'amour est un Dieu volage,
C'est un brillant imposteur;
S'il te parle un doux langage
C'est qu'il en veut à ton cœur.
Il est jeune, il est aimable,
De charmer il a le don,
Médite un peu cette fable
Qui contient une leçon,
Qu'elle te soit profitable,
Car l'Amour est Papillon.

Sare, Mai 1853.

Le Traître.

Que le mépris le suive en tout lieu comme une ombre,
Et que chaque passant, sur son visage sombre,
    Lise, en dépit de lui,
Le mot de traître écrit par une main divine,
Et que son front plissé de jour en jour s'incline
    Sous le poids de l'ennui.

Il a comme Caïn assassiné son frère,
Qui gît couvert de sang étendu sur la terre ;
    Ce sang qui fume encor
En montant vers le ciel appelle la vengeance :
Que l'infâme assassin meure sans espérance,
    Rongé par le remord ;

Qu'il n'ait pas ici-bas un seul instant de trêve,
Que devant son regard, chaque nuit, quand il rêve,
    Dansent des spectres blancs ;
Qu'un éclair furieux illumine sa tête,
Que dans le monde entier, sur la face on lui jette
    Des outrages sanglants !...

Qu'il porte le malheur comme un forçat sa chaîne,
Qu'on l'abreuve de honte et qu'une main le traîne
    Sans merci, sans pitié,
Dans les plus noirs égouts que renferme la terre,
Et qu'ainsi tout souillé, couché dans la poussière,
    Il râle sous un pied !...

Bayonne, 1849.

A Mademoiselle M. D***.

Qui m'avait demandé des vers sur les yeux bleus.

Vous dont l'œil expressif doucement étincelle,
Vous voulez que je chante en mes vers les yeux bleus.
Leur suave langueur... Pour exaucer vos vœux
C'est en vain que j'implore une muse rebelle,
Qui s'enfuit loin de moi les larmes dans les yeux.
En me traitant d'ingrat, d'inconstant, d'infidèle ;
Qu'elle s'en aille ou non, peu m'importe, je veux
Poétiser, rimer sans aucun secours d'elle,
Sous le brûlant éclair de vos regards de feu ;
Et prouver pour toujours à la sotte Immortelle
Que votre œil souriant, comme un astre des cieux.
A sur mon cœur les droits d'une muse nouvelle.

Saint-Michel, Novembre 1858.

Jours d'Enfance.

A mon petit neveu J.-B. C***.

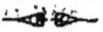

Le calme heureux de l'innocence
Enfant, brille sur ton front pur.
Le doigt glacé de la souffrance
N'a pas terni ton œil d'azur

Dieu te sourit dans la nature,
Il t'en dévoile les splendeurs;
La gaîté luit sur ta figure
Comme le soleil sur les fleurs.

Tu ris sans crainte, sans tristesse;
Sur ton front le ciel est serein;
Et la mère qui te caresse
T'abandonne sa douce main.

Pour toi l'avenir se dévoile,
Il brille et se montre à tes yeux,
En rayonnant comme une étoile
Dans le dôme azuré des cieux.

Moi, qui depuis longtemps voyage
Dans les sentiers mauvais ou bons,
Oui, je voudrais avoir ton âge
Et tes saintes illusions !

Oui, je voudrais de cette vie
Recommencer le rêve enfui,
De mon âme triste et flétrie
Chasser les ombres de l'ennui,

Et secouer sur mon passage
La poussière de mes souliers,
En savourant de mon jeune âge
Les mille rêves printanniers,

Et voir reverdir sur ma tête
Les premiers jours de mon printemps,
Comme une couronne de fête,
Comme une blanche fleur des champs !...

Saint-Michel, Novembre 1858.

La Châtelaine.

Quand je la vis, la belle châtelaine,
Dans son manoir,
Elle chantait d'une voix de syrène,
Par un beau soir !
Et je l'aimais en la voyant si belle
Sur son balcon,
J'étais assis au pied de la tourelle
Pour sa chanson.

Ses cheveux bruns sur son épaule blanche
Tombaient en nœuds,
Sur son balcon son beau corps qui se penche
Charmait mes yeux ;
Car je l'aimais en la voyant si belle
Sur son balcon,
J'étais assis au pied de la tourelle
Pour sa chanson.

Un beau soleil, du vieux manoir gothique
Dorait les tours,
La châtelaine au regard poétique
Chantait toujours ;
Oui, je l'aimais en la voyant si belle
Sur son balcon,
J'étais assis au pied de la tourelle
Pour sa chanson.

Joyeux trouvère à cette damoiselle
Je fis ma cour,
Je lui chantai sur ma lyre immortelle
Tout mon amour,

Car je l'aimais en la voyant si belle
Sur son balcon,
J'étais assis au pied de la tourelle
Pour sa chanson.

Lorsque soudain en sursaut je m'éveille,
— Car je dormais, —
Avec mon rêve a fui cette merveille
Que j'adorais !
Adieu pour moi la châtelaine belle
Sur son balcon,
Adieu pour moi la gothique tourelle
Et la chanson !...

Bayonne, Octobre 1846.

Les Anges du Sommeil.

A mon petit ami A. L***.

Tu dormais dans tes langes;
Sur ton berceau deux anges
Plus beaux que le soleil,
Esprits dé la lumière,
Te prenant pour leur frère,
Veillaient sur ton sommeil;

L'un te berçait d'un songe,
Eblouissant mensonge
Qui descendait du ciel;
Rêve plein de promesse,
Fraîche et douce caresse
Du brillant Ariel !...

L'autre, en ami fidèle,
Du doux bruit de son aile
Balançait ton berceau ;
Sa voix mystérieuse,
Eloquente et pieuse,
Te montrait tout en beau ;

Quand ils virent ta mère,
Sur ta tête si chère
Reposer ses doux yeux ;
Jaloux ils s'envolèrent
Et les cieux se fermèrent
Sur leur vol radieux !...

Port d'Urcuit, Juin 1847.

La Voix de la Nature.

I.

D'où vient ce long et doux murmure ?
Il vient du pied de ce coteau,
C'est la chanson que la nature
Dicte aux flots mouvants du ruisseau.
Ecoutez bien, sa voix se mêle
A mille bruits harmonieux
Que le vent du soir, sur son aile,
Emporte dans les vastes cieux.

II.

Entendez-vous dans le feuillage
De ce vieux chêne de cent ans,
Le gazouillement, le ramage
Que font les oiseaux et les vents !

On est heureux !... on se sent vivre !
Le bonheur brille dans nos yeux;
A ces chansons l'âme se livre
A des transports digne des cieux.

III.

Tout chante et rit dans la nature,
La cigale dans le buisson,
L'insecte au sein de la verdure,
A l'ombre des fleurs le grillon.
Ces mille voix comme un hommage,
Comme un hymne doux et pieux,
Comme un rapide et blanc nuage,
Comme un encens montent aux cieux.

IV.

Du val profond à la montagne
Mille voix chuchotent dans l'air,
Le poète dans la campagne
Se mêle à ce divin concert.
On le voit, sur sa blanche lyre,
Traduire en vers harmonieux,
Les chants que le vallon soupire
Et qui s'envolent dans les cieux.

Montevideo, Mai 1852.

Sonnet.

UNE TAVERNE.

A mon ami Salvador M***.

Un soir je regardais, par la vitre ternie,
Dans un noir cabaret un groupe de buveurs,
Le vin coulait à flots, la muraille jaunie
D'une lampe à long bec reflétait les lueurs.

Des hommes en haillons, des femmes dont la vie
Offense à chaque instant l'innocence et les mœurs,
Dans ce bouge attablés chantaient, et leur folie
Me fit honte, et mon front se couvrit de rougeur :

Sur un sale comptoir régnait en souveraine,
Assise en un fauteuil, d'où débordait la laine,
Une femme en bonnet, au regard aviné.

Sur ses genoux un chat posait sa grosse tête :
Il dormait sans songer que, pour finir la fête,
A devenir civet il était condamné !...

29 Novembre 1853.

Conversion.

Je tenais dans mes mains une lyre maudite,
J'avais le sombre enfer dans le fond de mon cœur,
    Et de Satan, noir prosélyte,
    J'avais renié le Seigneur;

Quand un rayon du ciel, pénétrant dans mon âme,
De l'amour du Très-Haut vint embraser mon cœur,
    Et j'ai brisé la lyre infâme
Dont l'ébène en brûlant fit pétiller la flamme
    D'une pâle rougeur !...

Oui, Seigneur, je veux suivre ici-bas ta loi sainte,
Je veux t'aimer toujours, t'adorer à genoux,
Je courberai mon front sans jeter une plainte
    Au vent de ton courroux.

    Dans le triste chemin du doute
    Satan m'entraînait avec lui ;
    Du ciel, de la céleste voûte
    Un rayon tomba sur ma route,
    Ce rayon dans mon cœur a lui !

Esprit du Dieu vivant, viens comme au roi prophète,
    Oh ! viens d'un souffle inspirateur
Animer à jamais les doux chants du poète,
    Que ton étoile sur sa tête
Rayonne en lui versant sa divine splendeur !...

Port d'Urcuit, Mars 1847.

Sur mer.

A mon ami Gustave D,***.

Sous un ciel inondé de lumière et d'azur,
Qui dans le sein des flots réfléchit son front pur,
Le *Turenne*, joyeux, avec amour s'élance;
Il nous emporte tous bien loin; et moi je pense
A mes jours d'autrefois tissés par le bonheur,
Dont le doux souvenir parfume encor mon cœur !...
Ce n'est pas cependant une soif de richesse
Qui m'oblige à quitter les lieux de ma jeunesse;
C'est le sort qui me pousse, et je dois obéir
A son arrêt fatal qui me force à partir !...
Oh! si vous ressentiez ce que ressent mon âme,
Vous que berce la mer dans le pli d'une lame,
Vous diriez à celui qui d'un mot fit le ciel :
« — Ecartez loin de moi ce calice de fiel.
« De mes beaux jours éteints comme un blanc météore,
« Faites à mes regards briller encor l'aurore,
« Et qu'un astre d'argent répande sur mon front
« De ma première enfance un faible et doux rayon.
« Je prie en vain, Seigneur, et ma faible prière
« N'arrive pas vers vous que j'appelle mon père !
« Je prie en vain, Seigneur, vous ne m'écoutez pas;
« A qui faut-il donc croire, oh! dites, ici bas,
« Si vous fermez l'oreille au cri du malheureux
« Qui, l'espoir dans le cœur, vers vous lève les yeux?
« Seigneur, vous qui vivez au sein de la lumière,
« Ayez quelque pitié de ma sombre misère,
« Oubliez un moment votre félicité

« Et daignez me couvrir d'un regard de bonté,
« Car vous savez, Seigneur, qu'en sa course rapide,
« Le Temps qui détruit tout, ce vieillard intrépide,
« Emporte dans les pans de son large manteau
« Nos illusions d'or ; et que jusqu'au tombeau
« Le barde au front rêveur, à tous ses jeux en butte,
« S'éteint plein de dégoût, épuisé par la lutte. »

Ces plaintes de mon cœur, vous ne les faites pas ;
Le bonheur vous sourit et sème sous vos pas,
Comme une douce fleur, la joyeuse espérance ;
Vous rêvez nuit et jour le faste et l'opulence ,
Et vous voyez au loin briller et resplendir
Sur la rive étrangère un riant avenir !...

A bord du *Turenne*, commandé par le capitaine Dubarry,
Décembre 1850.

Le chant du Marin.

A mon ami Victor F***,

Capitaine au long-cours.

Sous une forte brise
La voile s'arrondit ,
Le ciel nous favorise ,
Courage !... il nous sourit.
Voyez, d'une aile agile,
Le damier voltigeant (1)
Sur l'abîme grondant ,
Raser l'onde mobile
A la toison d'argent.

Chantons, la mer est belle ,
Chantons, gais matelots ,
Le soleil étincelle
Sur la cime des flots

Quand la vague en colère
S'élance dans les airs ,
A la voix du tonnerre
Sous le feu des éclairs ;
Je nargue la tempête ,
Je me ris du destin ,
Je bannis le chagrin ,
Car pour moi tout est fête ,
Ne suis-je pas marin ?

---

(1) *Damier,* nom vulgaire que donnent les matelots à un oiseau du genre *petrel,* et dont le mode de coloration est semblable à la disposition d'un carré de damier.

Chantons, la mer est belle,
Chantons, gais matelots,
Le soleil étincelle
Sur la cime des flots.

Notre vie est heureuse
En parcourant les mers,
Et notre humeur joyeuse
Est sans regrets amers.
Le soleil de l'Afrique
A versé sur nos fronts
L'éclat de ses rayons,
Et le ciel d'Amérique,
Mille parfums sans noms.

Chantons, la mer est belle,
Chantons, gais matelots,
Le soleil étincelle
Sur la cime des flots.

A ma brune Thérèse
Qui rêve à mon retour,
J'apporte ma tendresse,
J'apporte mon amour.
Deux mois, deux mois encore
Sont bien longs à passer !
Pour moi qui veux poser
Sur son front que j'adore
Un suave baiser.

Chantons, la mer est belle,
Chantons, gais matelots,
Le soleil étincelle
Sur la cime des flots.

Après trois ans d'absence
Qu'il est doux de revoir
Le ciel bleu de la France,
Ciel tout brillant d'espoir !
Beau ciel où ma jeunesse
A fui comme un éclair,
Toujours tu me fus cher,
Ton souvenir sans cesse
M'a suivi sur la mer.

Chantons, la mer est belle,
Chantons, gais matelots,
Le soleil étincelle
Sur la cime des flots.

Quand la saison nouvelle
Brillera dans les cieux,
En déployant notre aile
Nous quitterons ces lieux.
Vers l'Océan qui gronde,
Le cœur plein de chansons,
Nous nous élancerons;
Puis, explorant le monde,
En chœur nous redirons :

Chantons, la mer est belle,
Chantons, gais matelots,
Le soleil étincelle
Sur la cime des flots.

A bord du *Jeune-Alfred,* Septembre 1852.

Pastiche.

A mon cousin germain D***.

Un jour un jeune enfant, au bord d'une rivière,
Tendait ses petits bras vers un cygne d'argent
Qui nageait dans des flots d'azur et de lumière :
Mais il tomba dans l'onde et le flot murmurant
Le couvrit à jamais ainsi qu'un blanc suaire.

L'amour, comme ce cygne, appelle en souriant
Le poète inspiré pour qui la vie est belle,
Qui chante son bonheur sur sa lyre immortelle ;
La fleur verse à ses pieds un parfum odorant ;
Mais si son rêve fuit ainsi qu'une étincelle,
Noyé dans son chagrin, il meurt comme l'enfant!...

Saint-Michel, Novembre 1858.

La Poésie.

A M. Félicien D***.

> Ce n'est pas la poésie qui manque à
> l'œuvre de Dieu, c'est le poète, c'est-à-
> dire, l'interprète, le traducteur de la
> création
>
> (ALPH DE LAMARTINE. — *Cours familier.*)

La poésie, ami, c'est le ciel qui se dore
Par un jour de printemps aux reflets de l'aurore,
C'est le souffle embaumé du vent dans les ormeaux,
C'est l'aigle qui s'élance en dévorant l'espace,
C'est l'éclat velouté d'un nuage qui passe,
  C'est le soleil sur les tombeaux.

C'est l'aspect imposant d'un castel séculaire
Dont les tours de granit sont couvertes de lierre,
C'est le chant du berger par l'écho répété,
C'est la génisse blanche au flanc de la montagne,
C'est un riant châlet dans la verte campagne,
  Un peu d'ombre durant l'été.

C'est le cours argenté d'un fleuve qui murmure
A travers les roseaux dans des flots de verdure,
C'est la fleur, le gazon, le rayon d'or qui luit,
C'est le doux papillon effleurant un brin d'herbe,
C'est l'oiseau dans son nid, c'est le chêne superbe,
  C'est une étoile dans la nuit !

C'est le tiède frisson de Mai dans le feuillage,
C'est le timbre d'airain d'un clocher de village,
C'est le vieux laboureur fécondant le sillon,
C'est le riche fermier, la jeune paysanne,
Au teint frais et vermeil, au regard diaphane,
     Cueillant des fleurs dans le vallon ;

C'est l'éclat varié d'un brillant paysage,
C'est dans l'onde d'un lac un blanc cygne qui nage,
C'est un front de quinze ans orné de blonds cheveux,
Diadème charmant qui pare la jeunesse,
C'est le petit enfant que sa mère caresse
     En se mêlant à tous ses jeux !

C'est l'humble et noir grillon sous un ciel qui rayonne
Répétant dans les prés sa chanson monotone,
C'est le rêve qu'on fait loin des regards jaloux,
Le passé qui n'est plus, l'avenir qui s'avance,
C'est cette voix du cœur qu'on nomme l'espérance,
     Qui ne s'endort jamais en nous.

Dans les déserts brûlés par un soleil torride,
C'est l'Arabe en burnous sur son coursier rapide,
C'est la fraîche oasis pleine d'ombre et d'oiseaux
Comme une île des mers s'allongeant sur le sable,
C'est un ange du ciel, c'est un chant ineffable,
     C'est la brise dans les roseaux ;

C'est la feuille jaunie au souffle de l'automne
Qui sous le moindre vent se détache et frissonne,
C'est l'immense Océan qui mugit furieux,
C'est la nef qui résiste au coups de la tempête,
C'est un éclair de feu qui luit sur notre tête,
     Un port qui surgit à nos yeux ;

C'est la lune qui passe à travers les arcades
Des vieux cloîtres déserts aux brunes colonnades,
C'est le rayon des nuits dans le bleu firmament;
C'est le suave chant que nous dit Philomèle,
C'est l'insecte de feu qui voltige et dont l'aile
    Rayonne ainsi qu'un diamant;

C'est le sylphe léger qui doucement se pose
Sur le sein frémissant d'un frais bouton de rose,
Et dont les ailes d'or frissonnent au soleil;
Le mignon colibri, fleur vivante qui vole
En tout sens; c'est l'éclat d'une sainte auréole,
    C'est la nature à son réveil !

C'est le ciel d'Orient avec ses caravanes,
Le divan de velours où dorment les sultanes,
C'est le sérail gardé par un eunuque noir,
Le palais de l'émir, le doux soleil d'Asie,
C'est le minaret blanc, brillante fantaisie,
    Doré par les rayons du soir !

C'est tout ce qui nous plaît, ami, dans la nature,
C'est l'amour que Dieu mit dans toute créature,
Pour les astres, les fleurs, pour le soleil levant,
Pour les mille trésors qu'il sème sur la terre, —
Mais de tous ces trésors celui que je préfère
    C'est le baiser d'un jeune enfant !

Saint-Michel, Novembre 1858.

Romance.

Quand ton œil noir lance des traits de flamme,
Dans l'avenir j'aperçois le bonheur,
Sous ton regard, ange aimé, douce femme,
Je sens d'amour frissonner tout mon cœur !
Dans un baiser je te donne mon âme,
Ah ! puisses-tu répondre à mon ardeur !...

L'étoile d'or qui dans l'horizon brille,
En se mirant au sein des vastes mers ;
La fleur des champs, sur sa tige mobile,
Qui se balance en parfumant les airs,
Ont moins d'éclat, charmante jeune fille,
Que ton front pur et tes yeux pleins d'éclairs.

Oui, pour t'aimer, oui, j'oublirai ma lyre
Et les doux chants qui calment ma douleur ;
Si tu venais, en souriant, me dire :
Je t'aime, ami, tu règnes sur mon cœur,
Ange aux yeux noirs, bel ange que j'admire,
Oui, je croirais alors au doux bonheur !...

Juin 1854.

Sonnet.

Une Vierge.

En veillant sur nos jours son doux regard rayonne,
Et son front calme et pur brille de plus de feux
Que le dôme des nuits, alors qu'il se couronne
Des rayons éclatants qui scintillent aux cieux.

Elle nous suit toujours et jamais n'abandonne
Dans ce monde trompeur le mortel courageux
Qui veut atteindre un but, dont la main se cramponne
A l'avenir doré qui sourit à ses vœux.

Jusqu'au bout du voyage elle est douce et fidèle,
De la sainte amitié c'est le parfait modèle,
Et sa voix loin de nous chasse le noir chagrin.

Elle aime le vieillard, elle flatte l'enfance,
Aplanit sous nos pas le sentier du chemin...
Cette vierge, au front pur, se nomme l'Espérance !

Cambo, Novembre 1858.

Urdos (du Béarn).

A mes Amis.

I.

Mes chers amis, Urdos est un village
Où l'on pourrait couler des jours heureux;
Mais il faudrait mépriser le langage
De quelque gens médisants et hargneux :
Faites le bien, on y trouve à redire,
Faites le mal, on en est enchanté;
Rions gaîment, et sans peur sachons dire
Aux Urdosiens deux mots de vérité...

II.

Si vous gagnez de l'or dans le commerce
En travaillant du matin jusqu'au soir,
Soudain on voit une engeance perverse
Vous déchirer, chez vous faire pleuvoir
Mille rumeurs qu'il ne faudra pas croire;
Tout ce qu'on dit n'est que méchanceté :
Chantons gaîment; que ma lyre d'ivoire
Aux Urdosiens dise la vérité !...

III.

Souriez-vous à quelque jeune fille,
Au teint de neige, au maintien gracieux,
Dont le regard étincelle et pétille
Comme un rayon qui brille dans les cieux !

Les médisants diront : c'est sa maîtresse,
Pour faire tort à l'aimable beauté :
Menteurs, craignez ma muse vengeresse,
Craignez surtout, craignez la vérité !...

IV.

En se cachant sous un voile anonyme,
La calomnie, au regard envieux,
La rage au cœur verse sur sa victime
A flots brûlants un poison dangereux.
Hideux serpent, sans craindre ta malice
Qui nous poursuit avec ténacité,
Je flétrirai toujours ton injustice
En proclamant partout la vérité !...

V.

Voilà d'Urdos la peinture fidèle,
Voilà d'Urdos le portrait enchanteur ;
Joyeux amis que le plaisir appelle
N'y venez pas pour chercher le bonheur.
Restez chez vous, où du moins à son aise,
On peut chanter le bon vin, la gaîté,
Au revoir donc, il faut que je me taise :
On n'aime pas ici la vérité !...

Urdos, Mars 1854.

La Jeune Navarraise.

A mon ami Jules L***.

Ami, regarde-la, la jeune Navarraise,
Aux cheveux longs et noirs, au doux regard d'azur;
La brise du matin, amoureusement baise
La fleur au doux parfum qui s'épanouit d'aise
  De briller sur son front si pur.

Ami, regarde-la, vois comme elle est gentille,
Elle est belle, ma foi ! comme un rayon du jour,
Comme un jeune chamois, regarde, elle est agile;
Elle rit de plaisir, l'aimable jeune fille,
  Quand on lui dit deux mots d'amour.

Pour acheter, un jour, au marché de Bayonne,
Un écrin de vingt francs, ami, chaque matin,
Pour gagner cet argent elle cueille et moissonne
Les fleurs qu'elle doit vendre, et son regard rayonne
  En dévalisant son jardin.

Mais voici le grand jour. — Elle a fait sa toilette,
Elle prend sa corbeille et joyeuse elle part
Pour vendre sa moisson et puis pour faire emplette
De bagues, de pendants; elle veut, la coquette,
  Sur elle attirer le regard.

En route elle rencontre un brillant équipage,
Un beau jeune homme en sort et lui dit, en riant :
Laisse-moi t'embrasser, ange au charmant visage,
Et je te donnerai, pour briller au village,
  Ce riche écrin de diamant.

La belle aux cheveux noirs, à la mine rieuse,
Pour ce brillant écrin, au prisme éblouissant,
Reçut un doux baiser !... Poète, est-elle heureuse ?
Hélas, je crois que non, car je la vois rêveuse,
   Et l'écho ne dit plus son chant !...

Bayonne, Avril 1849.

Appel aux Poètes.

Dédié à M. Marcel H***,

Directeur de L'Écho DE L'Adour.

> La moisson est grande; mais il y a
> peu d'ouvriers. Priez donc le maître de
> la moisson qu'il envoie des ouvriers
> dans sa moisson.
>
> (St-Luc, chap. x, v. 2. *Évangile.*)

Au nom du Tout-Puissant dont la gloire immortelle
   Resplendit dans les cieux;
Au nom du Tout-Puissant dont la voix nous appelle,
   Bardes harmonieux,

Soyons prêts;—armons-nous pour la croisade sainte,
   Marchons pleins de ferveur;
Dans le camp des maudits, semons, semons la crainte,
   La crainte et la terreur...

Le Seigneur a parlé, c'est à nous, oh! poètes !
   De prêcher en tout lieu,
Sur nos lyres d'airain, depuis longtemps muettes,
   Les oracles de Dieu !

L'impie ose insulter la puissance suprème
  Du Dieu juste et vengeur,
Et de sa bouche impure il vomit le blasphème
  Sans honte et sans pudeur...

Malheur, malheur à lui, qui rêve et qui désire
  Le sommeil du néant ;
Tout lui dit ici-bas en voyant son délire
  Le nom du Dieu vivant !

Tout lui dit ce grand nom : le soleil qui se lève
  L'écrit au firmament,
Le superbe Océan qui gémit sur la grève
  Le dit au flot puissant.

Le torrent qui mugit, le souffle du zéphire,
  La chanson de l'oiseau,
Le beau lys parfumé qui s'incline et se mire
  Dans le courant de l'eau ;

L'insecte aux ailes d'or, étincelle qui brille
  Sur l'aubépine en fleur,
Murmurent nuit et jour du Dieu de l'Évangile
  Le nom plein de douceur ;

L'homme seul, l'homme seul, en son âpre langage.
  Et le cœur plein de fiel,
Contre le Tout-Puissant ose jeter l'outrage
  Et maudire le ciel ! —

« Effaçons à jamais, effaçons de la terre,
  « Dit-il en sa fureur,
« Les prêtres, les autels et le culte éphémère
  « De leur Christ imposteur !

« Adorons à genoux, jusqu'à l'heure dernière,
    « La puissance de l'or ;
« Tout le reste n'est rien, l'homme n'est que poussière
    « Une fois qu'il est mort !

« L'âme n'est qu'un éclair, un caprice, un vain rêve,
    « Un nuage flottant,
« Une écume des mers jaunissant sur la grève
    « Et qu'emporte le vent !... »

Eh ! quoi donc, la raison, l'esprit, l'intelligence,
    Quoi tout cela n'est rien ?
Et cet instinct secret de tout être qui pense
    Qui nous conduit au bien,

Cet amour effréné d'une vie éternelle
    Qui remue en nos cœurs,
Ne prouvent-ils donc pas que notre âme immortelle
    Doit exister ailleurs ?

Oui, ce sublime instinct qui tressaille sans cesse,
    Et qui bourdonne en nous,
Nous parle constamment du Dieu plein de sagesse
    Qu'on adore à genoux !...

Misérable incrédule, oh ! regarde l'abîme
    Qui s'entr'ouvre béant,
Tu vas rouler, tomber, imprudente victime
    Aux griffes de Satan !...

Le vois-tu, le vois-tu, c'est l'archange infidèle,
    Il vient en rugissant,
Il s'élance d'un bond ; on dirait que son aile
    A la couleur du sang !

Le maudit, le maudit, que Dieu dans sa puissance
    A plongé dans l'Enfer,
Croit déjà te tenir !... mais regarde.... il s'avance !—
    Oh ! fuis sa main de fer !...

Implore du Seigneur la justice suprême,
    Implore sa bonté,
De ton front criminel détourne l'anathème,
    Bénis la vérité !...

Viens joindre tes accents à nos vers qu'elle inspire,
    Courbe-toi sous sa loi,
Dans les cœurs corrompus que le doute déchire,
    Viens répandre la Foi !...

Viens, suis-nous sans regrets, sans détourner la tête
    Vers ce monde mortel !
Viens, suis-nous sans regrets, et les chant du poète
    Te montreront le ciel !

Saint-Michel, Juillet 1858.

A Moussu Fiterre.

Qu'ats raisoun, et cent cops raisoun, Moussu Fiterre,
  Lous poëtes qu'an oueï
U missioun impourtante à rempli sur la terre !...
  Austan coum bous qn'at creï.

Ne bouy pas qualifi'am dou titre de poëte ;
  Ne pouch pas ignoura
Qu'hommis d'un grand esprit et du science coumplète
  Que soum louy d'en esta !

Coum jouy, praübe paysan, qui ne seï pas qu'à pene
  Rima lou men gascoun,
Aurï doun lou couratje ou l'aüdace de prene
  Aquet sublime noum !...

Mais l'hommi fortunat à qui la Probidence
  A dat de ressenti
Dou poëtique houec la celeste influence,
  Qu'a debés à rempli.

Et debés dou meï grans, Diü, coum dit l'Évangile,
  Que l'a dat un talent
Et que sera, s'ou rend per sa faüte inutile,
  Punit sévèrement.

Pertout, dens touts lous temps, dens lous pays saübatjes,
  Coum dens lous poliçats,
Prous poëtes las gens coum de simples maïnatjes
  Que soun estats megnats ;

Et quan la fable ems dit que la Grèce antique
    Un poëte sabent
Que metti dat lous souns de soun luth harmonique
    Lou mounde en mouvement,

Qu'aütour det lous rochers, lous arbres que dansèben,
    Qu'à la sou boulountat
Las peïres l'u sur l'aüte en mur que s'arranjèben,
    Qu'ems a représentat ?...

Lou poudé d'ou poëte austant coum l'ignourence
    D'hommis superstitioux,
Que besèben de Diü et même la puissence
    Deus bardes harmonioux.

Et qu'eren aquets saints, aquets famoux prophètes,
    Lous embiats dou Seignou ?
Qu'at disen leur escriüts, qu'èren de grans poëtes
    Plens d'u céleste ardou,

L'esprit saint qu'ère en ets, mais l'esprit prophétique
    Doun èren animats,
Que rendèbe toustem en style poétique
    Souns oracles sacrats...

David même doum am lous cantiques encouère,
    Doun parlent ta soubent,
N'ère pas dounc poëte ? Oh ! de segu qu'en ère
    Incontestablement.

Mais qu'an accoumplit, ets, d'u faïçoun admirable
    Leur divine missioun ;
A leurs oueins qu'ès debèbe un barde véritable
    Tout à la religioun.

Poudoussin soubien'ès, coum bous, Moussu Fitterré
   L'abis en lous at dat,
Touts lous poëtes ouëï que d'un saint ministère
   Cadun dets qu'è cargats,

Qu'emplegue leurs talents et la bère puissence
   Doun soun privilegiats,
Countre Diü qu'ès un trait qui mérite bengence,
   Un trait d'houmis ingrats !

Poudoussin soubien'ès que la poésie
   Méchant usatje ha,
Et dous hommis méchants aïda la ligue impie
   A tout bouleversa.

Alluma dens lous cos las passiouns criminelles
   Per souns chants licencioux,
Quan soules de l'infer las flammes éternelles
   En calmen las ardous...

Qu'é ha de soun talent un abus déplorable
   Et bien de soun plen grat,
Aux oueïns d'hommis de sens debienun mespresable,
   Un indigne apostat !...

Poëtes ! se n'ets pas nombroux, qu'abets puissence !
   Proubats boste poudé,
Toutes las brabes gens qu'ets deran assistence ;
   Anem ! préparats bé...

A Satan, à l'infer, à la fatale armade
   De leurs suppòts affroux,
Libram coumbat chens poü de leur ratje acharnade ;
   Lou Seignou qu'é dat nous.

Au Ceü, s'abem açi penden un temps la guerre,
  Qu'ems é répauseram
Et de touts lous coumbats sustienuts sur la terre
  Lou juste prèts qu'auram.

Ço qu'a rebat souben boste ame transpourtade,
  Poëtes, qu'at aürats !
Dou Seignou, sur u harpe aüx anges emproutade,
  L'Amou que canterats ! ! !

Un Paysan.

FIN.

Table des Matières.

————◦◦◦◦————

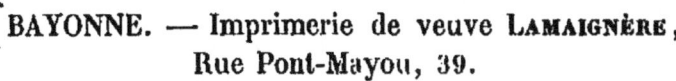

BAYONNE. — Imprimerie de veuve LAMAIGNÈRE,
Rue Pont-Mayou, 39.